那些忧伤的年轻人

[美] F. S. 菲茨杰拉德——著　王一鸽——译

ALL THE SAD YOUNG MEN

SPM 南方传媒 | 广东人民出版社
·广州·

图书在版编目（CIP）数据

那些忧伤的年轻人／（美）F. S. 菲茨杰拉德著；王一鸽译．—广州：广东人民出版社，2024.3

ISBN 978-7-218-17136-4

Ⅰ.①那…　Ⅱ.①F…　②王…　Ⅲ.①短篇小说—小说集—美国—现代　Ⅳ.①I712.45

中国国家版本馆CIP数据核字（2023）第248111号

NAXIE YOUSHANG DE NIANQINGREN

那些忧伤的年轻人

［美］F. S. 菲茨杰拉德 著　王一鸽 译

出 版 人：肖风华

责任编辑：马妮璐
责任技编：吴彦斌
策划编辑：周舰宇
封面插图：鹿寻光
封面设计：杨西霞

出版发行：广东人民出版社
地　　址：广州市越秀区大沙头四马路10号（邮政编码：510199）
电　　话：（020）85716809（总编室）
传　　真：（020）83289585
网　　址：http://www.gdpph.com
印　　刷：玖龙（天津）印刷有限公司
开　　本：880mm×1230mm　1/32
印　　张：8.75　　字　　数：158千字
版　　次：2024年3月第1版
印　　次：2024年3月第1次印刷
定　　价：52.00元

如发现印装质量问题，影响阅读，请与出版社（020-85716849）联系调换。
售书热线：（020）87716172

目录

The Rich Boy

富家公子

1

从描写一个具体的人下笔，你会发现自己在不经意之间塑造出了某个典型；但要从一个典型开始下笔，你会发现自己恐怕什么也没创造出来。那是因为我们都是有些怪癖的，且总会将它们隐藏于我们的外表和声音背后——它们是如此怪异，以至于我们不愿意让任何人了解，或者我们自己都不甚明了。所以，每当我听到某位男士声称他是个“平凡、老实、坦率的人”时，我就会有种相当确定的感觉：他肯定是把一些没准儿极为糟糕的怪异之处给隐匿起来了，而他宣称自己所谓“平凡、老实、坦率”的那些话，也不过是以另一种方式在提示着他隐匿了真相的这个事实。

我这儿想讲的故事里，既没有典型，也没有配角。只有一位富家公子哥儿，这是一个有关于他的而不是他的兄弟的故事。迄今为止，我这辈子一直是与他的兄弟们生活在一起，但其实只有他称得上是我的朋友。再说，我要是写他兄弟们的故事，那就不得不得从抨击一些谎言开始——穷人谈论起富人或者富人谈论起他们自己时会说的谎言——它们总是如此荒诞不经，每当我们拿起一本有关富人的书，本能的直觉就会告诉我们：准备好看一些脱离现实的东西吧。即使是那些相当聪明并且充满激情地专注于报道现实生活的人们，也基本都是在把富人的国度描绘成虚幻的人间仙境一般。

让我来给你讲一讲，顶级富豪都是什么样子的吧。他们与你我都不同。他们从小就拥有财富，坐享其成，这对他们的影响是，在我们态度强硬的地方，他们心肠柔软，而在我们深信不疑的地方，他们又冷嘲热讽。如果不是生在一个富庶之家，对此恐怕根本无法理解。他们从内心深处相信，他们比我们优越，因为我们得为了自己的生活所需、寄身之所而奔波、奋斗。即便有一天，他们家道中落，甚至沉沦到比我们更低的位置，他们依然认为他们是优越于我们的。他们就是如此与众不同。想要描述这位年轻的安森·亨特，我唯一的办法就是坚持把他当作一个外国人来描述，并且在叙述中坚守住我自己的观点，如果我接受了他的观点，哪怕只是刹那，我也会迷失的，那样一来，我的这个故事恐怕就只能沦为一部荒谬可笑的电影了。

2

安森在六个子女中排行最大，有朝一日，他们每个人都将从一千五百万美元的家产中分得一大笔财富。他开始懂事的年纪大概是七岁，那时正值世纪之初，胆大的年轻女子们已经在第五大道上坐着电动“汽车”招摇过市了。儿时的安森和他的兄弟们有一位英国的家庭女教师，她的言辞清晰利落，又能恰如其分，两个男孩的谈吐也像她一样，遣词造句总是干脆而明晰，全然不像我们讲起话来那般含混不清。他们咬字发音跟英国孩子也不尽相同，而是会带着一种纽约城里时髦人士的特别腔调。

每到夏天，六个孩子就会从第七十一号大街的房子搬去康涅狄格州北部的一所大庄园里。那里并非一处时髦之地，因为安森的父亲希望他的孩子们越晚了解那种时髦的生活越好。在他所属的这个构成了纽约上流社会的阶层之中，他算得上一位佼佼者，而在他所处的这个充满了趋炎附势和附庸风雅的镀金时代里，他期望自己的儿子们能养成专心致志的好习惯，拥有健壮的体格，将来长大成为为人正派、事业有成的男性。直到年纪最大的两个男孩去学校念书之前，他跟妻子始终对孩子们的成长关注有加，而这么做对于生活在偌大一个府邸中的人来说其实很不容易——至少在我的童年所度过的那些小型或中型的房子里，事情就容易得多。因为我总能在听到我的母亲呼唤声的范围之内活动，我随时能看得到她的身影，以便她对我的所作所为表示同意或者不同意。

安森最初的优越感，来自当他意识到康涅狄格那些村庄里的人们总会对他有一种不情愿的美国式敬意。跟他一起玩耍的男孩子们的父母，总是会请他代为向他的父亲和母亲致意，并且当自己的孩子被邀请前往亨特家时，这些父母会显得有点儿兴奋。安森把这些视为理所当然的，因此面对那些在财富、地位或权威上不以他为中心的群体时，他就会显得有些不耐烦，这种态度贯穿了他的整个人生。他不屑于跟其他男孩去争夺领先的地位，因为他期待别人会把地位主动给予他，而当他不能如愿以偿时，他就退回到自己家里去了。他的家族非常富足，而金钱在东部地区依然多少还带有些封建色彩，是能让部族凝聚的东西，不过在趋炎附势的西部，金钱却使家族分崩离析。

十八岁时，安森去了纽黑文，由于长期在学校的规律作息，他高大健硕、皮肤明净、气色上佳。他那浅黄色的卷发看起来有点儿滑稽，加上他的鹰钩鼻，这两点让他谈不上有多英俊，但他身上所散发的那种自信的魅力，以及他那略带粗率的行事风格，会让上流阶层的人在街上与他擦肩而过时便能一眼辨认出他是个富家公子，并且受过最优质的教育。然而，他的极度自傲却妨碍了他在大学里的成功——他的独来独往被人误解为自负，他因缺乏恰当的敬畏而拒绝遵守耶鲁大学的那些标准则，被人误解为对其他遵守规则者存有贬低和轻视。所以，虽然离毕业还有很长时间，他早已把生活重心转移到纽约了。

在纽约，他住在自己的房子里，有一群“无与伦比的用人”照顾他和他的家人，由于他为人幽默，打理事情的能力也不错，他很快就成为家族的中心人物。他流连于名媛社交舞会，参与男士俱乐部那些正经八百的男性活动，偶尔也跟风流的女孩子彻夜狂欢厮混，那些女孩只能在纽黑文下等区遇到。他的抱负也足够普通，甚至包括了某天他会结婚这样令人无可指摘的虚无缥缈的想法，不过，他的这些抱负与绝大多数年轻人的抱负并不相同，因为它们都相当现实，没有半点儿各种形式的“理想主义”或“幻想”的特质。面对这个世界的种种大肆聚敛、挥霍无度，婚姻生变、酒色浪荡，趋炎附势、特权优待，安森毫无保留地照单全收了。我们绝大多数人的生活是以妥协而告终的，对他而言，妥协却是他的生活的开始。

我跟安森的第一次见面是在 1917 年夏末，当时他刚从耶鲁大学毕业，跟我们一样，立刻卷入战争系统化的歇斯底里之中。他穿着海军航空部队的蓝绿色军装来到彭萨科拉，那里旅馆的管弦乐队演奏着“对不起，亲爱的”，而我们这些年轻的军官则跟姑娘们一起跳着舞。每个人都很喜欢安森，虽然他常跟酒鬼们混在一起，也算不上很优秀的飞行员，但哪怕是教官们都对他尊重有加。与人长谈时，他的声音总是自信而富于逻辑的，不过这类谈话常常是以他自己或者更多的时候是以另一位军官如何解决迫在眉睫的麻烦告终的。他总是热衷于穿梭在酒场之间，喜欢说点儿下流话，并且是非常热爱寻欢作乐的一个人，所以，当他爱上了一个思想保守的、行事规矩的女孩子时，我们所有人都大吃一惊。

这个女孩的名字叫宝拉·莱金德利，来自加利福尼亚州的某个小镇，是一位肤色偏黑、端庄美丽的女子。她家在城外不远处有一栋冬季别墅。宝拉虽然有些古板，却相当受欢迎；有很多的男性是相当以自我为中心、根本无法迁就女性的，不过安森并不是这样的人。我很难理解，对于安森这样一个思想尖锐、玩世不恭的人来说，他嘴里所谓的宝拉的“真诚”到底对于他有什么样的吸引力。

不过，无论如何，他们相爱了——并且是按照她所希望的方式。安森不再出现在德索托酒吧暮色时分的聚会上了，每当他们出现在别人的视线中时，总能看到他们在促膝长谈，这种状态持续了好几周的时间。很久之后他告诉我，那些对话其实并无多少特别之处，不过是些不成熟的甚至没多少意义的对话罢了——逐渐充溢在对话中的那些情感的内容，并非是透过言语而是透过那种严肃的氛围逐渐萌芽的。就仿佛是一种催眠。虽然有时它也会被打断，让位给略显乏味的幽默，我们称之为玩笑话；可是一旦他们开始独处，又恢复了一本正经地低声絮语的状态，谈话的音调是为了给对方一种彼此在感情与思想上已经交融相洽的氛围。他们开始变得讨厌被任何人或事打扰，对生活里发生的趣事甚至周围同伴温和的嘲讽揶揄也都不再关心了。他们只有在谈话继续的时候才会觉得开心，而谈话的严肃氛围，像是篝火发出的琥珀色光芒一样笼罩着他们。直到最终他们的对话被激情所中断的时候——他们终于不再讨厌被打断。

奇怪的是，安森和宝拉一样沉浸在他们的对话之中，并且被其中的情感所深切地打动了，但与此同时他能觉察到自己身上有些地方不够真诚，而宝拉的话在他听来过于简单天真了。起初，他也有些轻视她在感情上的这种过分单纯，但他的爱却让她的内在更加深刻地绽放开来，令他再也无法轻视了。他感到，如果他能走进宝拉温暖而安全的生活之中，他一定会感到快乐。长时间的促膝长谈消除了所有的拘束——他教给她一些他从其他大胆的女人那儿学来的东西，而她则以狂热而神圣的强烈情感回应着他。一天晚上，在跳过舞之后，他们决定结婚，他写了一封长信给自己的母亲介绍宝拉。

第二天，宝拉告诉他，自己家境还不错，她大约有一笔一百万美元的个人财产。

3

这就仿佛他们已经在说着“我们俩都一贫如洗，但即便如此我们也要在一起受穷”，结果却发现他们居然都是富有的，于是就更开心了。这给了他们某种共同经历了冒险的神圣体验。不过安森四月份就开始休假，宝拉和她的妈妈则陪同她一起前往北方，安森的家族在纽约的声望地位和阔绰排场，都令他印象深刻。当安森第一次带着她站在他小时候住过的那些房间里时，她感到愉悦，这种情愫仿佛她是被悉心照料的人一般。照片里的小安森刚上学，头戴无檐便帽、在神秘的已被忘怀的夏日里和小情人骑在马背上、在场婚礼中被一群快乐的迎宾员和伴娘们围绕……凡此种种，都不禁让宝拉有些嫉妒这些在自己遇到安森之前曾参与过他生活的人们，而安森的诸般过往又似乎能如此完整地总结和概括他是权威者，使她萌生出了要赶紧与他结婚并以他妻子的身份返回彭萨科拉的想法。

然而这场婚事并未马上讨论——即便是订婚也要保密到战后再公布。当她意识到他的假期只剩下最后两天的时候，她的不满变为了具体的目标，她决定要让他像她一样不愿意再继续等待。那天晚上，他们开车去乡下参加宴会的时候，宝拉决定要让这件事在当晚有个结果。

宝拉有个表姐跟他们一起住在丽兹酒店。表姐性情严肃，有点儿刻薄。她很爱宝拉，但也对宝拉炫目的订婚仪式多少感到有点儿嫉妒。就在宝拉梳妆打扮而晚到的那一会儿，因为表姐不参加晚宴，所以由她在酒店套房的客厅里接待了安森。

安森五点钟的时候在跟朋友们聚会玩闹，开怀畅饮了整整一个钟头。他看着时间差不多了才离开耶鲁俱乐部，由母亲的司机送到了丽兹酒店。不过他今天有些不胜酒力，进到酒店房间的时候，里面开足了的暖气让他一下子有点儿头晕了。他知道自己喝多了，觉得有点儿好笑又有些抱歉。

宝拉的表姐二十五岁，可她却非常天真，起初她根本没搞明白是怎么回事。她之前从未见过安森，而当看到他嘴里嘟嘟囔囔地说着些奇怪的话，又差点儿从座椅上摔下来，她觉得很吃惊。一直到宝拉出现，表姐这才反应过来。原来刚才安森身上的味道并不是制服干洗剂的味道，而是上好的威士忌。不过宝拉瞬间就明白是怎么回事了，她唯一的想法是赶紧在她的母亲看到安森之前把他弄走，而当她望向表姐时，表姐也明白了。

宝拉和安森下来，走到轿车里面时，却发现里面还睡着两个男人，他们正是此前跟安森在耶鲁俱乐部一块喝了酒又来到晚宴的人。安森已经完全忘记他俩在车里的事儿了。在去汉普斯塔德的路上，他俩醒过来开始唱歌。其中几首歌还相当粗俗，虽然宝拉安慰自己说好在安森没跟着他们说出什么不恰当的话，但她依然嘴唇紧闭，感到羞愤又恼怒。

表姐回到了酒店，感到既困惑又不安，她回想了一下刚才的事情，走到莱金德利夫人的卧室，说道：“他是不是挺滑稽的？”

“谁滑稽？”

“谁？就是亨特先生啊。他看上去真是滑稽。”

莱金德利夫人警觉地望向她。

“他怎么滑稽了？”

“他？他说他是法国人。我都不知道他是法国人。”

“这太离谱了。你肯定弄错了。”她笑了，“他一定是在跟你开玩笑。”

表姐执拗地摇摇头。

“不，他说他是在法国长大的，根本不会说英语，不然他怎么根本没法和我说话呢！他真的没法说英语！”

莱金德利夫人有些不耐烦地看向别处，这时表姐又若有所思地说：“或许那是因为他喝醉了。”说着就走出了卧室。

这个出于好奇心的小报告道出了真相。安森发现自己已经口齿不清，说话颠三倒四的，于是只好编了一个不寻常的理由谎称自己不会讲英文。直到很多年以后，每当他讲起这一段故事，都忍不住会被这段记忆惹得捧腹大笑。

在接下来的一小时里，莱金德利夫人给汉普斯塔德打了五次电话。当她终于接通电话，又足足等待了有十分钟，她才听到了宝拉的声音。

“你乔表姐跟我说，安森喝得酩酊大醉。”

“啊，没有……”

“啊，肯定是的。乔跟我说他喝得大醉而归。他还告诉她说他是法国人，还从椅子上摔了下来，怎么听起来他这样子都是喝醉了。我不想让你把他带到家里来。”

“妈妈，他没什么事的！请您不要担心……”

“但我确实担心。我觉得这简直是太糟糕了。我希望你能向我承诺，不要把他带到家里来。”

“我能处理好的，妈妈……”

“我不想让你把他带到家里来。”

“好吧，妈妈。晚安了。”

“一定要答应我，宝拉。找个人把你送回来吧。”

宝拉心事重重地放下话筒，挂断了电话。她的脸涨得通红，绝望地恼怒着。安森正摊在楼上的卧室里四仰八叉地睡着，而晚宴已经勉强拖到了必须要结束的时候了。

其实此前从丽兹酒店开到宴会场所的一个小时的车程，本来已经让安森多少清醒了一些——然而他的大驾光临最终沦为笑柄——宝拉只是希望今天晚上别出什么事就好，没想到，晚宴前安森又冒失地喝下两杯鸡尾酒，终于让事情变得无法挽回。他对着晚宴上的人挑衅一般地大声叫嚷了足足十五分钟，然后就悄无声息地滑到桌子底下去了。他看上去就像那种旧式版画里描绘的男人，不过要真说是版画，那也只有令人生厌的场面，完全无半点儿雅趣可言。在场的年轻姑娘们全都默不作声，毕竟这种事情也只有保持缄默为好吧。他的叔叔和另外两个男人架着他上了楼，刚好就在这一幕之后，宝拉被人叫去接电话。

一个小时之后，安森在一阵紧张而痛苦的迷雾之中醒了过来，他迷糊了一会儿，才反应过来站在门口的人影是他的叔叔罗伯特。

“……我刚问你是不是好些了？”

“你说什么？”

“你有没有感觉好一点儿了，老伙计？”

“糟透了。”安森说。

“我再去给你拿一瓶解酒药吧。如果你能灌下去不把它吐出来的话，它能让你睡得好点儿。”

安森费劲地把两腿从床上挪下来，站了起来。

“我还行。”他有些呆滞地答道。

“当心啊，稍微慢一点儿。”

“我想，你现在给我瓶白兰地，我现在就能下楼。”

“啊，不行——”

“可以的，就那么回事。我没事……我估计我把在楼下的人给得罪了。”

“他们知道你有点儿不舒服，”他叔叔不以为意地说道，“不过你别担心了，斯凯勒甚至都没来这里，他还在高尔夫球场的更衣室里醉得不省人事呢。”

安森其实对谁的意见都不在乎，他唯独在意的是宝拉的看法。

他还是决定要收拾一下今天晚上的残局，不过，当他洗了个冷水澡重新出现的时候，绝大多数人都已经离开了。宝拉看到他，马上起身表示要回家了。

在安森的豪华轿车里，过去那种严肃的对话又开始了。她承认，她早就知道他喝了酒，但她确实没料到事情竟然能变成这个样子，在她看来，这说明了他们两个人不适合。他们生活的观念相差太大，如此等等。当她终于说完了，安森开始讲话，他表现得相当清醒理智。然后宝拉说，她得好好想一想，但她今晚不会做决定；她并不生气，但感到非常遗憾。她也不打算让他陪自己去酒店了，不过，她还是在下车之前，倾身在他的脸颊上不快地吻了一下。

第二天下午，安森和莱金德利夫人进行了一次长谈，宝拉则坐在一旁默不作声。大家都同意，等再过一段时间宝拉对这次事件想清楚之后，如果到时候母女俩依然觉得能同意这桩婚事，她们可以跟随安森去彭萨科拉。安森这边，他诚恳而又不失尊严地道了歉，也就没有其他什么了，哪怕莱金德利夫人的手里正攥着一把好牌，似乎也很难占据上风。他既没有承诺什么，也没有表现出低声下气，只是说了几句关于生活的略显严肃的评论，结果反而显得他颇占据了道德制高点的样子。三周之后，当他们重归于好、回到南方的时候，安森觉得挺满意的，宝拉感到如释重负，然而，他俩谁都没有意识到，解决问题的最佳时机已经一去不复返了。

4

他支配着她，吸引着她，同时又让她充满了焦虑。他既坚实可靠又任性放纵，既感情丰富又玩世不恭，宝拉温柔的头脑完全把握不了他性格的多变和不协调，她认为他拥有双重人格。每当她看到他一个人的时候，或者出席正式的宴会场合，或者在他跟一些偶遇而不及他的人在一起时，他看起来是如此强大而充满魅力，他那如父如兄一般的智慧和善解人意的思想所达到的高度令她感到格外自豪。但在其他社交聚会上，她又因为他所显露出的与上流阶层的文明教养完全相悖的另外一面而感到忐忑不安。他的另一面是如此粗野、放诞，对除了享乐之外的其他一切都满不在乎。这些曾令她深感错愕，并一度想要离开他，甚至让她跟一个旧情人短暂地恢复了几次秘密约会，但是并没有什么用，跟安森相处了四个月的活力四射的感觉会让她跟其他所有男性的相处都相形见绌、黯然无趣。

直到七月他被派驻海外时，他们的温存和欲望一直在不断升温。宝拉考虑过在他出发之前最后一分钟结婚，但是因为他终日一股醉醺醺的鸡尾酒味道而作罢，而宝拉自己也因为离别的极度伤感而生病了。他出发后，她写了很多封长信跟他诉说离别的相思之苦。八月份，安森的飞机意外坠落在北海，他在水里浸泡了一夜后，被一艘驱逐舰打捞搜救上来，因为肺炎感染被送去医院；在他完全康复被送回家之前，停战条约已经签订了。

紧接着，接二连三的机会又出现在他们之间，但每次都是无疾而终，并且根本就不存在什么物质的或有形的阻碍需要克服，可是他俩在性情脾气上的暗中纠葛，终于令他们的热吻和泪水都消逝而去，对彼此说话的声音也不再那么动听了，曾经推心置腹的心里话变成了哑口无言，到后来，便只剩下了遥隔万里互通书信这么一种古老的交流方式了。一天下午，一位社会新闻记者在亨特家等了足足两个小时，为了确认他们是否订过婚。安森否认了，但没想到随后一期的刊物头条上写的是："他们经常一起出现在南安普顿、温泉城、塔克西铎公园等地"。然而，严肃的对话最终激化成了一场旷日持久的争吵，婚事眼看就要告吹了。安森经常肆无忌惮地酗酒，并且因此错过了一次跟她的约会，而宝拉则要求安森保证，只有拿出实际行动，才有转圜的余地。面对自己的骄傲和自知之明，他绝望而无助地意识到：这场婚约铁定是要解除无疑了。

"我最亲爱的，"他们在信上写，"我最爱的人，最亲爱的，当我在午夜时分醒来，意识到时过境迁，我就有一种想死的感觉，我觉得无法再活下去了。也许我们这个夏天见面之后，可以再谈一谈，或许会做出不一样的决定——我们那天是太过于激动也太悲伤了，没有你我的余生无法活下去。你谈到了其他人，但你不知道吗，对于我而言，除了你我的眼里没有任何人……"

但是，正当宝拉在东部四处游历时，她有时会提到一些娱乐活动来试探安森。安森精明得很，他根本不会去瞎猜，当他看到她在信中提到了某个男性的名字时，他反而觉得更有把握了，甚至还有一点鄙夷，毕竟他一向认为自己在这种事情上是高人一筹的。不过他依然期望有朝一日他们能终成眷属。

在这段时间里，他全身心地投入到战后纽约城的各项令人眼花缭乱的活动之中，他进了一家证券行，参加了好几个俱乐部，晚上经常跳舞到很晚，周旋在三个圈子之中——他自己的圈子，年轻的耶鲁毕业生们的圈子，还有一头连着百老汇半个世界的圈子。不过，他总是把自己的八小时全情投入于华尔街的工作里，在那里，凭借他势力庞大的家族、过人的才智，以及他充沛的体力，他很快就脱颖而出了。他具备强大分析能力的难能可贵的头脑，有时候他只睡了不到一个小时就精神焕发地出现在了办公室里，当然这种情况也不常见。所以早在 1920 年的时候他的薪水和佣金收入就已经超过了一万两千美元。

耶鲁的传统逐渐变成了历史，他却在纽约同学之中人气越来越高，甚至比他在大学时的人气还要旺。他身居豪宅，也有很多办法把年轻人介绍到其他豪宅里去。更重要的是，他的生活总是看起来充满保障，而其他人最多也只能说是踉踉跄跄走上起点罢了。他们为了消遣或是庇护开始纷纷向他求助，而安森总是乐于应答，很乐意帮助他人并安排别人的事务。

现在宝拉的信里已经不再提到其他男人了，但这些信中传达出的一种温柔的情愫似乎是从前未有过的。从几个信息渠道他听说她找了一个人高马大的纨绔子弟，名叫罗威尔·塞耶，一个有钱有势的波士顿人。尽管他仍确信，自己依然为她所爱，但还是不免有些焦虑于自己可能会错失与她的缘分。她已有将近五个月没来过纽约了，唯一来的一天，两人还搞得不太愉快，随着小道消息越来越多，他也变得越来越焦急，迫切地想要见到她。于是在二月份，他休假来到了佛罗里达。

沃斯湖犹如一块蓝宝石，湖面四处停泊着游艇，大西洋则像一条带状的绿松石，在湖与海之间，是一片丰饶华丽的棕榈海滩。“浪花”酒店和“皇家凤凰木”酒店如同双生子一般高耸地跃出明亮而平坦的海滩，环绕周围的，还有格莱德舞厅、布拉德利赌场以及十几家时髦的女士衣帽商店，里面商品的价格比纽约要高出三倍。在“浪花”酒店的格子阳台上，大约两百名女士正跳着当时流行的双曳步，只见她们体态柔软地向右滑步，再向左滑步，转个身，再向前滑步，而那四百只手臂上的两千多个手镯，则伴随着二分之一拍节奏的音乐，不断地上下摆动、叮当作响。

天黑以后，在艾佛格雷德夜总会里，宝拉、罗威尔·塞耶、安森，还有一个临时找来的朋友一起打着桥牌，牌卡图案相当热辣。在安森看来，娴静而严肃的宝拉脸色有些苍白和疲倦，她已在各地周游了大约四五年的时间了，他认识她也已经三年了。

“两张黑桃。”

“抽烟吗？……哦，抱歉，我不跟。”

“我也不跟。”

“三张黑桃，我加倍。”

这屋子里大概有十二张桥牌桌子，屋里烟雾缭绕。安森和宝拉的眼神不经意碰到一起之后，就再没分开过，全然不顾塞耶的眼睛一直在他俩之间瞟来瞟去……

“刚才叫了什么牌？”安森心不在焉地问。

“华盛顿广场的玫瑰啊。”

在角落里的一位年轻人唱道：

“我正在慢慢地凋零啊，
在这地下室的空气里……”

烟已变得如同浓雾一般，这时门开了，屋里的飞尘形成了旋涡，一双小而明亮的眼睛，越过大厅那侧徘徊着的一帮装模作样的假英国人，在寻找着柯南·道尔先生。

“你可以用小刀割它。”

“……用小刀割它。”

“……用小刀。”

一局桥牌结束，宝拉突然站起身来，对着安森语气急切而又低沉地说了几句话。他俩几乎没看罗威尔·塞耶一眼，就走出了门，走下长长的石阶，在那一刻他们手牵着手沿着月光海滩漫步。

“亲爱的，亲爱的……”他们不顾一切地拥抱在一起，充满了激情，在暗影中……宝拉仰起脸，离他的双唇远一点，好让他说出自己想要听到的话，她感到当他们再次亲吻时那些话就在他的嘴边……她再次挣开亲吻，侧耳倾听，然而当他又一次把她抱紧时，她意识到，他除了那一声声低沉的令她悲伤的低语“亲爱的！亲爱的！”之外，再没有说出什么来。她羞涩、顺从、百般柔情地跟随着他，眼泪滚落她的脸颊，她的心在不停呼唤着：“快向我求婚吧——哦，安森，我最亲爱的，快向我求婚吧！”

“宝拉……宝拉！”

这些话像拳头般攥紧了她的心，而安森也感受到了她的颤抖，他已经知道了她的情意。他不需要再多说什么，不需要再将他们的命运交付给那些似乎是不可思议的缘分了。当他可以这样拥抱她的时候，他又何必再浪费时间多等一年呢？他在为他们两个人考虑着，考虑她多过自己。有一刻，当她突然说自己一定得回旅馆了，他犹豫了，他先想到：“或许就是在这一刻了，求婚吧！”紧接着，他转念又想：“不，还是再等等——她终究还是我的……”

可是他已经忘了，宝拉在三年的煎熬之中已经痛苦不堪了。她的那份情感就在这天晚上永远地消逝了。

他次日早晨返回纽约的时候，满心的闷闷不乐，躁动不安。他的车里还坐着一个以前认识的漂亮的交际花，两人在一起吃了两天饭。起初他跟她讲了一些宝拉的事情，这在两人之间制造了某种微妙而矛盾的氛围，避免她们俩碰面。这个女孩野性而冲动，得知安森的秘密让她有点受宠若惊。像吉卜林笔下的战士一样，他本来可以在回抵纽约之前的大部分时间占有她，但幸好他还算清醒，把持住了自己。四月底的时候，在毫无征兆的情况下，他接到了一封宝拉的电报，说她已跟罗威尔·塞耶订婚了，他们准备马上在波士顿举行婚礼。他从来不曾真正相信会发生的事情竟然发生了。

安森那天早上狂饮了一通威士忌，然后去了办公室，并没有中断自己的工作，其实他是害怕如果自己停下来会发生什么。那天傍晚，他像往常一样出门，全然没提到所发生的事情；他还是那么热忱、幽默，没有丝毫的魂不守舍。但有一件事他无能为力，连着三天，在任何地方，或者跟任何人在一起，他都可能突然间低下头伤心掩面，痛哭得像个孩子一样。

5

1922 年，安森带着刚入行的合伙人去海外调查几笔伦敦的贷款，这趟行程也表明他即将受聘于这家公司了。他已经二十七岁了，身材略有些发福，举止比他的实际年龄显得更为老成。长者和年轻人都喜欢他、信任他，那些母亲总觉得自己的女儿由他来照顾格外令人放心，因为他的为人处世，让他每当进入一个房间都能跟那些最年长和最保守的人打成一片。他仿佛在说：“您跟我，我们都是靠谱的人，都是明白人。”

对于男人和女人的弱点他有一种天生的直觉和慈悲心，他好像一位牧师那样，对外在仪容也颇为注重保持。最为典型的例子是，他每周日的早上会去一所上流人士常去的圣公会主日学校讲一堂课，哪怕只是快速冲个凉水澡、迅速换上一件礼服，也能让他判若两人，全然不会露出前夜狂欢的一星半点的痕迹。只有一次，几个坐在第一排的小孩子好像心有灵犀一般地跑去了最后一排坐着。他常常讲起这个故事，边讲边开怀大笑。

他的父亲去世以后，他就担起了家庭全部的责任，并且成为几个更小的孩子实际上的命运掌舵人。由于一些比较复杂的原因，他暂时还不能直接支配父亲生前的财产，这部分产业由他的叔父罗伯特来管理，叔父在家族中是个出了名的热爱赛马的人，他性情温厚，跟其他惠特利山一带的人一样，也很喜爱饮酒。

在安森小的时候，罗伯特叔父和他的妻子埃德娜，跟他的关系非常好，但是随着这个侄子的长大，变得不那么把赛马放在第一位，这让叔父感到了失望。他曾介绍安森进入一个几乎是美国最难进入的城市俱乐部——只有那些帮助缔造过纽约城的家族成员才能进入（换言之，就是1880年以前的富人家族）——结果没想到安森在进入之后，就因为忙于耶鲁俱乐部的事情而全然忽略了它，这让罗伯特叔父对他颇有微词。不过随着之后安森又拒绝了去叔父那间经营保守、疏于管理的证券行工作，叔父就对他越发冷淡了。就好像一位小学老师已经教完了他所有要教的课程后，他就慢慢退出了安森的生活。

安森的生活里有太多的朋友了——几乎人人都没有得到过他非同寻常的热忱帮助，也几乎人人都有被他不分场合我行我素时的突然爆粗口或醉酒的习惯搞得尴尬难堪过。别人如果有类似轻率愚蠢的行为，会让他感到很恼火，但对于他自己的过失，他会用幽默的方式带过。他总会带着他那有感染力的笑声向别人声情并茂地讲述他那些听起来稀奇古怪的行为。

那年春天，我刚好在纽约工作，于是常在耶鲁俱乐部跟安森一起共进午餐，我的大学俱乐部还没建好，暂时和他们共用一个俱乐部。我看到宝拉的婚讯，于是在某天下午的时候向他问起她，而他颇为动容，给我讲了他们之间的故事。从那以后，他开始频繁地邀请我去他的府上参加家庭晚宴，表现出我们之间有种很特殊的关系，仿佛他对我敞开心扉所分享的那段刻骨铭心的记忆，也有那么一点儿感染了我似的。

我发现，尽管做母亲的都对安森很放心，他对女孩子也并非都是一视同仁的保护态度。他的态度主要取决于女孩本身，如果这个女孩有一种轻佻的倾向，那即便她是跟安森在一起的，她也只有自己照顾自己的份了。

“生活啊，”他有时候这么解释说，“把我变成了一个玩世不恭的人。”

他所谓的生活，指的就是宝拉。有时候，特别是当他喝醉的时候，他的思绪会有些扭曲，总觉得是宝拉冷酷无情地抛弃了他。

因为这种“玩世不恭”，或者说他认为那些天生放荡的女孩不值得被珍爱的感悟，促成了他跟多莉·卡吉尔的一段风流韵事。这虽然并非这些年里他唯一的情事，但却是最能打动他的一段，并且对他此后的人生态度产生了深远的影响。

多莉的父亲是一位名声不佳的“社交名流”，通过裙带关系混入了上流社会。她自己则通过参加青年女子联盟[①]，经常在广场酒店抛头露面，而且还进入了纽约州的众议院；只有包括亨特家族在内的几个古老家族才会对她的“豪门身份”有所质疑，毕竟她的照片频繁登载在报刊上，她无疑比很多其他女孩都更要被人艳羡。多莉有一头深色的秀发，胭脂色的红唇，她的脸色本来是偏向可爱的樱桃粉色，不过在她刚出道的第一年，一直是用灰粉色的粉底遮盖的，因为樱桃粉色并不时尚，维多利亚式的苍白才是当时最流行的。她喜欢着一身线条凌厉的黑色套装，站着的时候喜欢两手插在口袋里，身体略微向前倾斜，带着一种矜持而幽默的感觉。她的舞技非常精湛，她热爱跳舞超过了一切，除了恋爱。从她十岁就开始不断地恋爱，并且常常是喜欢上一些对她毫无反应的男孩。而那些喜欢上她的男孩——当然也有很多，他们总会在短暂相处之后就令她感到厌倦了，不过，那些失败的恋情在她心里留下的却是最温暖的一面。每当遇到令她怦然心动的人，她都会再做尝试。有时她成功了，更多的时候她失败了。

这位始终未能遂愿的吉卜赛女郎从来没有想过，其实那些拒绝

① 美国的一个由上流社会青年女子组成的从事社会福利事业的组织。

她的人都有着一些相似点，他们都有一种能凭直觉就看透她的弱点的能力，而她的弱点并非情感的弱点，而是某种存在于指导观念中的弱点。安森第一次遇到她的时候，就认识到了这一点，那时候宝拉刚结婚还不到一个月。他喝得很醉，并且假装跟她相爱了一个星期。随后他就断然甩了她，并且忘记了这件事——可是她的心却立刻被这个男人霸占了。

跟那时的很多女孩一样，多莉自由散漫、为人轻佻。稍微年长的那一代人身上所具有的某些反常规特质，仅仅是打破陈腐的规矩与权威的战后运动的某一个方面罢了，可多莉这代人的不遵循传统，却不过是在重复着某种老套和媚俗的方式而已。她在安森身上看到的两种极端，正是她这种情感方面缺乏决断力的女性所要追求的，那是一种时而沉湎于纵情享乐，时而又颇具保护性的力量的特质。在他的性格里，她同时感受到了骄奢淫逸和坚如磐石这两种特质，而这两部分满足了她天性中的每一种需求。

她感到他们之间的感情将会受阻，不过她却估计错了受阻的原因——她以为安森和他的家族想要一场更为显赫的联姻，但是，她很快就从他酗酒的倾向里猜到了自己拥有优势的原因所在。

他们在大型社交舞会上相遇，随着她对他的迷恋一步步加深，他们设法越来越多地待在一起。就像大多数的母亲一样，卡吉尔夫人相信，安森是极度可靠的，因此她允许多莉跟着他去到更远的乡村俱乐部和城郊别墅，并且也没过多去密切询问他们的活动，或在他们晚归时质疑过她的解释。最初那些解释还可能稍微具体一些，但多莉想要俘获安森的世俗想法，很快就让她被自已那越发高涨的情感狂潮所吞没了。在出租车或私家车后座的亲吻已经无法满足他们了，他们做了更出格的事。

他们都从各自的社交圈中退出了一段时间，另外建立起一个比此前档次稍低的社交圈，在这个小圈子里，安森的酗酒和多莉的夜不归宿都较少被注意或被评论。他们这个小世界的组成也很多元，是安森在耶鲁大学的几个朋友和他们的太太，还有两三位是年轻的证券经纪人和债券销售员，以及一些刚刚大学毕业的单身男士，以出手阔绰的纨绔子弟居多。虽然没有之前圈子的广度和规模，但它却为他们提供了一种本身就极少能被上流社会所允许的自由放任。更重要的是，这个圈子是以他们两个人为中心的，这让多莉有了一点养尊处优的快感——这种快感，对于从小就拥有优越生活的安森来说，基本是理所当然的，所以对于多莉他是无法感同身受的。

他并没有真的爱上她，在漫长的热恋的冬日时光里，他也经常这样告诉她。春天一到，他更加疲惫和不耐烦起来，他想要另结新欢，有新的生活——另外，他认识到要么他得正式跟她分手，要么他就得面对自己确凿无疑的诱引行为并为此负责。她的家族想促成两人之事的态度让他更快地做了决定——有天傍晚，当卡吉尔先生小心地敲了敲书房的门，告诉安森他把一瓶陈年白兰地给他留在了餐厅的时候，安森觉得他的生活已经被困住了。那天半夜，他留下了一封不长的信给她，说他要去度假了，并且他觉得从各方面的情势考量，两个人以后最好还是不要再见面了。

转眼到了六月。安森的家人关闭了别墅，去乡下避暑了，他暂时住在耶鲁俱乐部里。我听说他跟多莉的风流韵事有了些新发展——都是些添油加醋的说法。比如他其实看不上朝三暮四的女人，也不会在他心中的社交圣殿里给予她们任何位置之类的——所以当那天夜里他告诉我说，他俩已经彻底分手了，我很高兴。我时不时还能在一些场合遇到多莉，每一次看到她那无望的挣扎，都让我不由心生怜悯，知道她的事情越多，反而让我越发感到愧疚。她一直是人们常说的那种“漂亮的小可爱”，但她身上那种义无反顾的轻率鲁莽却又让我有些着迷。要不是她那么活力四射，也许她那些挥霍滥情的行为还不会那么显眼——她绝对是那种奋不顾身飞蛾扑火的类型，但我很高兴我不需要再见证一次她的牺牲行为了。

安森打算次日清晨把分手的告别信留在她家。她们家是第五大道少数还有人住的房子之一。他知道卡吉尔一家因为多莉给出的错误信息，已经出国旅行去了，为了给他们的女儿机会。那天，当他踏出耶鲁俱乐部的门，走上麦迪逊大街时，邮差刚好经过他身边，他就紧跟着邮差返回了俱乐部。然后他就看到了那封信，是多莉的笔迹。

他知道里面写的都是些什么内容——一长篇孤独而悲切的自我独白，满是他所熟知的责备和怨言，以及对种种陈年旧事的回忆，还有类似于“我不知道是否……”这类语句——那都是他在与宝拉·莱金德利通信的那个久远年代里即将被遗忘了的种种亲密的表达。先翻看了几份账单之后，他终于还是把这封信摆到了最上面，然后拆开了它。令他颇感意外的是，这封信很短，更像是一封有点正式的信，上面多莉告诉他，她没有办法在周末的时候陪他去乡下了，因为佩里·胡尔忽然从芝加哥来到城里了。信上还说，这主要是安森咎由自取的结果："如果我能感受到你爱我能像我爱你那般程度的话，我愿意追随你前往任何时空，可是佩里他实在是人太好了，而且他非常希望我能嫁给他……"

安森轻蔑地一笑——他对这类以退为进的把戏太熟悉了。而且，他完全想得出来多莉是怎么费尽心思设计了这盘计划的，很可能就是她派人请来的那位忠诚的佩里，然后计算好了他的到达时间——甚至可能包括炮制这封信的内容本身，以便于达到既能让他嫉妒，又不会把他彻底赶跑的目的。跟大多数的妥协看起来也差不多，这么做显得既无力又乏味，只透着胆怯的绝望之情于其中。

突然之间，他变得愤怒起来。他在大厅里坐了下来，又把信读了一遍。然后，他打电话给多莉，用他清晰而又带着压迫感的声音告诉她说，他已经收到她的信了，但五点钟的时候，他会按原计划去见她。几乎没有等她假装迟疑地说完"或许我能抽出一小时跟你见面"，他就挂掉了电话，然后径直去往他的办公室了。在路上，他把自己昨夜写的那封信撕了个粉碎，随手扬在了大街上。

他根本没有在嫉妒——因为对他而言，她简直微不足道——但是面对她竟使出这等可悲的诡计，他内在的全部倔强和任性都被一下子激发出来了。作为她那种本来心智上就较他低劣一等的人，竟然做出这等放肆的行径，简直是完全不能被忽略的。要是她真想知道她到底是属于谁的，那就要让她看个明白。

他在五点十五分出现在了多莉家的门廊前面。多莉已经穿戴齐整，正准备要出门，他默默回想起电话里多莉说的那句话——“或许我能抽出一小时……”。

“多莉，戴上帽子，”他说，“我们去散个步。”

他们沿着麦迪逊大街和第五大道漫步，安森戴着一顶深色帽子，他被汗水浸透的T恤贴在他发福的身体上。他少言寡语，不时训斥着她，对她表现得毫无爱意，但在他们走到第六街区之前，她又成为他的人了，她为那封信的事情道歉，为了弥补罪过她主动提出不会再见佩里了，同时她许下承诺可以做任何事。她以为，他这次来了，至少说明他开始爱她了。

“我好热啊，”他说，当他们走到第七十一号大街的时候。“我穿的这件是冬装。如果我路过别墅换件衣服，你介意在楼下等我一下吗？我只要一分钟就好。”

她很高兴，由于他的热，或者任何有关他的身体事实所传达出的一种亲密感，都让她颇为激动。当他们走到铁格栅门外时，安森拿出钥匙，她又感到了一阵喜悦。

楼下很暗，他乘电梯上楼之后，多莉撩起一块窗帘，从透明的蕾丝之间向房子外面望去。她听到电梯停了，带着想要戏弄他一下的想法，她按了向下的电梯按钮。等进了电梯，她上到了她觉得安森会在的那一层，这些并不是她的一时冲动。

“安森。”她叫他，带着一点儿笑意。

“稍等片刻，”他从卧室回答道，然后一个短暂的停歇之后，“现在你可以进来了。”

他已经换好了衣服，扣好背心。“这是我的房间，”他轻声说道，“你觉得怎么样？”

她一眼看到了墙上挂着的宝拉的照片，于是带着迷恋盯了它好一阵，就像五年前的宝拉盯着安森小时候的照片上那一位甜心小宝贝一样。她知道一些关于宝拉的事情，有时候她被所知道的那些故事的碎片折磨着。

突然，她靠近了安森，伸出了双臂。他们拥抱在一起。窗户外面昏黄的路灯的光束照进了屋里，尽管阳光还明晃晃地洒在房屋后面的屋顶上。再过半个小时，屋里就变得很暗了。这突如其来的一刻，令他们登时心潮澎湃起来，有些喘不过气，而后两人贴得更紧了。这有些太直白了，似乎是要不可避免地发生点什么了。他们仍紧紧地抱在一起，并抬起了头——他俩的眼睛共同落在了宝拉的那张照片上，此刻宝拉正从墙上向下俯视着他俩。

突然间，安森放下了胳膊，坐在书桌前面，试图用一串钥匙打开抽屉。

“想喝点什么吗？”他有些生硬地问道。

“不用了，安森。”

他给自己倒了半杯威士忌，一饮而尽，然后打开门，走到了大厅。

“过来呗。”他说。

多莉有些犹豫。

“安森，反正我今晚要跟你去乡下。你明白这是什么意思吧？”

“当然明白。”他有点粗率地答道。

他们开着多莉的车去长岛，两人之间的感情比先前更进了一步。他们都知道会发生些什么——只要他们是两个人安静地单独待在一起，不再有宝拉那张面孔提醒着他们之间的某种缺失的话，他们是不会介意长岛夜晚的炎热。

他们共度周末的这间宅邸位于华盛顿港口附近，是在安森的一位表姐名下的，她嫁给了蒙大拿的一个铜矿经销商。从门房开进去之后，再开过一条长得一眼望不到头的蜿蜒曲折的车道，掩映在两旁的进口杨树苗之下，驶向一栋巍然耸立着的恢宏的粉红色西班牙风格别墅。安森以前常常造访这里。

晚餐之后，他们在林克斯俱乐部跳了会儿舞。大约接近午夜时分，安森确定他的表亲在两点之前都不会离开，便解释说多莉有些累了，他得先送她回家，等会儿自己再返回舞厅。当他和多莉钻进一辆借来的车子往华盛顿港口飞驰的时候，两人兴奋得发抖。当快开到大门口时，他停下车子，跟门房值夜班的看门人聊了几句。

“卡尔，你什么时候去巡逻啊？”

“马上就去。”

“也就是说，只要所有人都在里面，你会一直在这儿？”

“是的，先生。”

“那好。你听着：如果有任何机动车辆，不管它是谁的，如果它出现在这个大门，我要你立刻给别墅打电话。”他塞了五美元的钞票到卡尔手里。“听明白了吗？”

“是的，安森先生。”看门人是老派人，平时不苟言笑，也不会挤眉弄眼。不过多莉也坐在那儿，她把脸稍微转向了另一边。

安森有宅子的钥匙。一进屋，他给两个人都倒了杯酒——多莉没有喝她的那杯。然后他弄清楚了电话的位置，并确定了一楼的两部电话到他们所在房间的距离足以让他能听到铃声。

五分钟之后，他敲了敲多莉房间的门。

“安森？”他进了房间，在身后关上了门。只见她热切地斜倚在床上，胳膊肘抵着枕头；他走到她身旁，他坐了下来，把她拥入自己的怀中。

“安森，亲爱的。”

他没有作答。

“安森……安森！我爱你……说你爱我。现在说吧——你可以现在说吗？就算你只是哄我的？”

他并没有在听。越过她的头顶上方，他感觉自己看到了宝拉的照片正挂在墙上。

于是他起身，走向它。相框闪烁着从月亮折射而来的点点微光——相框里面已然模糊的面孔让他看出，那并非他所识之人。他几乎要哽咽抽泣起来，背转过身，盯着床上那个娇小的身影时，内心充满了一种厌恶感。

“这太愚蠢了，”他粗声大气地说道，“我不知道我到底在想什么。我根本不爱你，你还是应该等一个真正爱你的人。我真的一点儿都不爱你，难道你不明白吗？”

他的嗓子破了音，然后很快地走出屋外。回到客厅里，他手指颤抖着，给自己倒了一杯酒，这时门突然开了，他的表姐走了进来。

“怎么了，安森，我听说多莉病了，”她一上来就关切地问道，“我听说她生病了……”

“没太大问题，”他打断她的话，提高嗓门以便多莉在房间里能听到，“她主要是有些累了，已经上床休息了。”

这件事情过后的很长一段时间里，安森都相信，一定有一个保护神会不时地插手和干预人间的事情。不过，多莉·卡吉尔睁着眼睛死死盯住天花板而彻夜未眠，从此以后再也不相信任何事情了。

6

第二年秋天的时候，多莉结婚了，安森正好在伦敦出差。就像听到宝拉的婚讯一样，这次也是事出突然，但对他的影响却不一样。起初他觉得有些好笑，就在听到她婚讯的那一刻，就忍不住想笑。然而不久之后，这事开始让他郁闷和消沉起来，他觉得自己老了。

这些事情中间似乎有着重复的轮回——也许是因为，宝拉和多莉其实属于两代人。他则提前品尝到了一个四十岁男人听到自己旧情人的女儿结婚时的滋味。他发了贺喜的电报，跟宝拉那次不同，这次他的贺喜是真诚的——但他从来没有真心希望宝拉会幸福。

当他回到纽约的时候，他被提拔为公司的合伙人，由于责任增加了，能自由支配的时间则减少了。一家人寿保险公司拒绝了他的保单，这个事实让他颇为触动，为此他戒酒一年，他说感觉自己的身体变好了不少，不过我认为他其实很怀念那些把酒言欢的生活，那是他二十出头的年纪里非常重要的一部分生活。不过，他从来没有抛开耶鲁俱乐部。在那里，他是一个人物，一个有头有脸的重要人士，而他的同班同学们，之所以毕业七年后还留在俱乐部里，主要还是由于有他的存在。要不然他们可能早就会转战到一些更清静的地方去了。

他的日程安排从来不会太忙碌，他也不会思虑过度，任何人请求他帮忙他都会提供一些帮助。最初这么做可能是出于他的骄傲和优越感，后来就变成了一种习惯和激情。反正总是会有些事儿发生——比如他的弟弟在纽黑文惹了麻烦，他的某个朋友和老婆吵架了，要为某个认识的人介绍工作，要给某人拉一笔投资等等，不一而足。不过，他特别擅长的其实是为刚结婚的年轻人解决问题。那些年轻夫妇总是吸引他的注意，他们居住的公寓在他看来也近乎一片圣地——他知道他们的爱情故事，向他们建议在哪里生活、怎样更好地生活，还会记得他们孩子的名字。对那些年轻的妻子们他的态度总是谨慎的，也从来没有辜负过丈夫们的信任——如果从他不加掩饰的放荡不羁的性格表现来说，这也是很奇特了——那些丈夫们都能做到始终如一地信任他。

从别人幸福的婚姻中，他渐渐领略到一种感同身受的快乐，而那些误入歧途的婚姻，他也会带着某种快乐的伤感从中有所感悟。没有一个季节不伴随着他见证了一桩爱情的瓦解，有时这桩爱情还刚好是他亲自撮合的。当宝拉离婚立即又嫁给了另一位波士顿人的时候，他跟我谈她谈了一整个下午。他从没像爱宝拉那样爱过其他人，不过他坚持说自己已经不在乎了。

“我永远不会结婚，”他对自己下了结论，“我已经看得够多的了，而且我也明白，一个幸福的婚姻实在是太罕有的事情了。再说，我的年纪太大了。”

然而，他依然对婚姻抱有期望。就如所有从一个幸福和成功的婚姻中诞生的男性一样，他对此抱有激情般的信仰——他的所见所闻完全没有改变他在这方面的信仰，而他的那些愤世嫉俗，一旦遇到跟这个信仰相关的问题，便会烟消云散。不过他确实认为自己年纪有些太大了。二十八岁时他开始接受不带着浪漫爱情色彩、只是平静地迎娶一位姑娘的婚姻。他果断选择了一位同阶层的纽约姑娘，她不仅漂亮、聪慧，还跟他志趣相投，各方面都无可指摘——于是，他就开始跟她谈恋爱了。他从前对宝拉所说的每一句肺腑之言，对其他女孩谈时是怀着感激的心情，现如今要不是面带微笑，或者用上那种不容置疑的语气，几乎快要说不出来了。

“当我到四十岁的时候，”他对朋友说，“我就成熟了。我也跟其他人一样变得庸俗不堪，爱上一个歌舞团的姑娘。”

然而，他始终坚持不懈地尝试着。他的母亲期望能见到他结婚，而他现在具备足够的经济实力了——他在证券交易所有了自己的地位，年收入已达到了两万五千美元。他坦然接受了这样的想法：当他的朋友们——当年跟他和多莉经常在一起厮混的朋友们——在夜晚时分关上了自家的房门守在家里时，他再也无法怡然自得地享受他的自由了。他甚至有时怀疑自己当时是否应该娶了多莉。毕竟就连宝拉也没有那么爱过他。他开始认识到对于一个单身的人来说，遇到一份真挚的感情是件多么难得的事情。

正当他陷入这种情绪的时候，他听说了一件令人不安的事情。他的婶婶埃德娜，一个年近四十的女人，与一个嗜酒如命的风流小青年凯瑞·斯隆厮混在一起，竟已发展到公然私通的地步。这事已是人尽皆知，除了安森的叔叔罗伯特不知道之外。罗伯特十五年来只顾在俱乐部中长篇大论，想当然地觉得他的妻子不会出轨。

安森反复多次地听到这件事，变得越发恼火起来。他对叔叔的那份旧情也跟着重燃起来，这份感情更多地不是个人性的，而是维护家族团结，这是基于他的骄傲。他凭直觉认为整件事情的核心就是叔叔不应该受到伤害。这是他第一次不请自来地主动插手别人的事情，而根据他对埃德娜性格的了解，他亲自处理，会比地区法官或者他的叔叔要处理得更好一些。

他的叔叔在温泉城。安森追查了丑闻的来源以确保不存在什么误解的可能性，然后他给埃德娜打了电话，约她第二天在广场大酒店一起吃饭。他的语气肯定有点吓到她了，因为她表现得不太情愿，但他坚持要请，不介意把时间推后，一直到她实在没有理由拒绝。

他们在广场酒店的大堂里按约定的时间见了面，埃德娜虽已看得出岁月的痕迹，但依旧打扮得明丽动人，金发灰眼的她穿了一身俄式黑貂皮大衣。她的手上戴着五枚硕大的戒指，镶满了冷冰冰的钻石和翡翠，在她纤细的手指上闪耀着光芒。安森想到，是他的父亲凭借才智挣来的这些珠宝和皮草，而不是他的叔叔。正是这些把韶华已逝去的埃德娜衬托得富丽堂皇。

尽管埃德娜嗅到了他的敌意，但还是没有料到他会以如此单刀直入的方式开场。

“埃德娜，我对你的行为感到震惊，”他用一种很重的口吻坦率地说道，“实话说，起初我根本都不相信。”

“相信什么？”她警惕地反问道。

“你不需要跟我装了，埃德娜。我在说凯瑞·斯隆。就算不为其他考虑，我也想不到你能这样对待罗伯特叔叔——”

“你现在给我听着，安森——”她开始变得愤怒，但还是被他专横地打断了：

“——不能这样对待你的孩子。你已经结婚十八年了，你怎么着也该懂点事了吧。”

“你怎么能这样跟我说话?! 你——”

“我当然可以。罗伯特叔叔一直都是我最好的朋友。”他突然深深地感动了。他为叔叔和他的三个孩子深感不幸。

埃德娜起身就要离开，她那杯沙果片鸡尾酒一口都没动。

“这简直是太愚蠢了——”

“非常好，如果你执意不听我的，那我就去找罗伯特叔叔，把整个故事都告诉他——反正他或早或晚也要听到。然后我还可以去找莫斯·斯隆那个老家伙聊聊。”

埃德娜踉跄着，又跌坐回椅子上。

“别那么大声音说话，”她央求，眼里开始涌出了泪水，“你都不知道你的声音传到哪儿了。你要讲出这些对我的疯狂指责，你本来可以找一个更私密一点的地方啊。”

他没应声。

“唉！我知道你从来都没有喜欢过我，”她继续说，“你就是听了些愚蠢的闲言碎语，想要把我唯一拥有过的最有意思的一段友谊给毁了。我到底做了什么，让你这么恨我啊？”

安森还在等待。她肯定会先请求他发扬一下骑士的精神，然后请求他动一动恻隐之心，最后还会哀求他诉诸那些高妙的为人处世之道——只要他抵抗住了这些，她就会如实招认了。他就这样沉默着，不为所动，并不时诉诸他最主要的武器，也就是他真挚的情感。随着午餐时间一分一秒地过去，他就这样把她逼进了一个狂乱的绝境之中。到下午两点时，埃德娜拿出了镜子和手帕，擦干眼泪，扑了点粉，给泪痕处补了妆。她同意五点钟的时候跟他在自己家见面。

当他到达的时候，埃德娜正躺在一张铺着印花棉布的躺椅上面，而午餐时被他惹出的眼泪似乎依旧在她的眼眶里打着转。然后，他发现凯瑞·斯隆阴沉而焦躁地站在壁炉的旁边。

“你到底想干什么？”斯隆劈头就问，“我知道你邀请埃德娜吃午餐，就是要用一些低级的谣言来威胁她。”

安森坐下了。

“我看不出来它只是个谣言。”

“我听说你还要告诉罗伯特·亨特，以及我的父亲。”

安森点了点头。

“要么你们一刀两断——不然我就会这么做。”他说。

“这关你什么屁事，亨特？”

“控制一下你自己的脾气，凯瑞，”埃德娜紧张地说，“其实只需要向他表明这事有多荒唐——”

“首先，是我们的姓氏在被人传来传去、指指点点，”安森打断她说，“而这跟你脱不了干系啊，凯瑞。”

“埃德娜又不是你们家族的成员。”

“她当然是！”他的愤怒一下蹿了上来，“怎么——她住的这栋房子，她手上的那些戒指，都是拜我父亲的头脑所赐。当罗伯特叔叔娶她的时候，她可是一无所有啊。”

他们都不约而同地看向了戒指，仿佛在这样的情形下那些戒指负载了某种重大意义似的。埃德娜就势做了一个要摘掉戒指的动作。

“要我说，它们也不是这世上唯一的戒指吧。”斯隆说。

“天哪，这太荒唐了，”埃德娜哭道，“安森，你能听我说两句吗？我现在明白这个愚蠢的故事是怎么开始的了。是一个女佣，她被我解雇之后去了奇里杰夫他们家——你知道所有的俄国人都是从用人那里打听八卦，然后又去误传它们的。”她气愤地用拳头砸着桌子，“后来我们去年冬天去南方的时候，汤姆把高级汽车借给了他们一整个月——”

“你明白了吧？”斯隆激动地反问道，“这个女佣从头到尾就把事情给弄错了。她知道埃德娜和我是朋友，并把这事传到了奇里杰夫家。在俄国，他们总是假定如果一个男人和一个女人在一起就——”

他已经把对这个主题的探讨上升到了高加索人有关于社会关系的观念问题上去了。

“如果要真的是这样的话，那最好是跟罗伯特叔叔解释一下，”安森冷冷地说，“这样等他听到谣言的时候也就不会信以为真了。”

他采取的还是他跟埃德娜共进午餐时的那些手段，就是由着他们去解释。他知道他们是愧疚的，而现在他们会突破解释的这条界限进入辩解这一步，比他所能做的更加确凿地证明他们有罪。大约到了七点的时候，他们终于走投无路了，只能把真相告诉他——罗伯特·亨特对埃德娜漠不关心，埃德娜生活空虚，偶尔的打情骂俏如何一发不可收地变成了火热的激情——就像那些真实但老套的故事一样，不过遇到安森钢盔一般的意志力，故事的主角是在越来越软弱无力地抗争着。安森要告诉斯隆的父亲这个威胁，注定了他们的毫无希望，因为老斯隆是一个亚拉巴马州的退休棉花经纪商，同时也是一个远近闻名的原教旨主义者，他用严格的生活补贴来控制他的儿子，并扬言如果儿子再敢有任何胡作非为之举就会永远地断绝这笔生活费。

他们去了一个小的法式饭馆进餐，讨论还在继续——斯隆一度又试图以武力威胁，但很快两个人便恳求安森再给他们一些时间。可是安森置之不理。他看到埃德娜正在崩溃，也认为绝不能让他们的激情再继续下去，不然埃德娜又会重新振作起来的。

半夜两点钟的时候，在53号大街的一个小小的夜间俱乐部里，埃德娜的神经突然绷不住了，她哭喊着要回家。斯隆整个晚上喝了不少酒，他有点酒后伤感并开始流泪，斜倚在桌子上，双手捂着脸抽泣。很快，安森给出了他的条件：斯隆在48小时之内离开，六个月内不可以回来；当他回来时，也绝不能发生任何旧情复燃之事；如果埃德娜愿意的话，她可以在年底的时候对罗伯特·亨特提出离婚要求，并且要按照正规的法律程序走。

他停顿了一下，根据他们的脸色来判断，他对于自己最后要说的这句话胸有成竹。

“或者你还可以有一条路，”他慢悠悠地说，“如果埃德娜愿意离开她的孩子的话，我也许可以对你俩的私奔睁一只眼闭一只眼。”

“我现在就要回家！”埃德娜又哭了起来，“哦！你折磨了我们一天了，难道还不够吗？”

外面漆黑一片。从第六街区的尽头，透过来一点模糊的微光。在灯光中，两个曾经的情人最后一次望向对方那黯然神伤的面孔，意识到他们没有青春和力量足以让他们永远不分离。斯隆猛然转过身，沿着大街走去；随后，安森轻轻拍了拍打盹的出租车司机的胳膊。

已经将近凌晨四点钟了；清洁路面的水正缓缓流淌过第五大道空空荡荡的人行道，两名夜女郎的身影轻快地穿过圣托马斯教堂前面的阴影。紧接着，中央公园里荒凉的灌木丛映入了眼帘，安森小时候经常在这里玩耍，然后是数字越来越大的街名，它们跟那些用姓氏命名的街名一样有着特别的意义。这是他的城市，安森想，他的姓氏在这里已经繁荣昌盛历经五代。没有什么变化能够撼动它在纽约城的永恒地位，因为变化本身恰恰是纽约城精神的基础所在，而他与他的家族成员们对这一精神是深刻认同的。丰沛的资源和强大的意志力——因为如果安森是个软弱的人，那他的那些威胁恐怕还不如不说——使它们现在将蒙在他叔父以及他家族的名字上的那些灰尘一扫而清，甚至还拂去了此刻正坐在他汽车后座上浑身颤抖的这个女人身上的灰尘。

第二天早上，凯瑞·斯隆的尸体在皇后大桥桥墩下的一块暗礁上被人们发现了。当时天很黑，他情绪激动，他还以为身下流动的黑色是河水呢，不过，在接下来不到一秒钟之后也没什么差别了——他最后想念了一次埃德娜，在水中一边无力挣扎的时候，还一边喊着她的名字。

7

安森从来没有为自己在这件事情上所扮演的角色感到有什么可自责的——毕竟事情最终的局面也不是他想要造成的。不过正义总是会被非正义辜负，因为他发现，他的那份最古老也在某种程度上是最珍贵的友谊也不复存在了。他也不知道埃德娜到底编了些什么歪曲真相的故事，反正他确实不再在叔叔家受欢迎了。

就在圣诞节前，亨特夫人辞世往生去了圣公会的天堂，于是安森成了名副其实的一家之长。一位与他们长年同住的未婚嫁的姑姑多年来一直经营着家里的日常事务，不过她在监护几个年纪小的女孩子方面显得十分力不从心。这些孩子都没有安森那样有主见，无论她们的优点还是缺点都表现得更传统、更庸常。亨特夫人的溘然长逝，推迟了一个女儿进入社交界的时间和另一个女儿的婚礼时间。同时，夫人的去世也带走了某种深层的物质方面的东西，亨特一家过去那种低调而奢侈的生活也随之走到了尽头。

首先，那笔家产在缴纳了必需的两笔遗产继承税后已经明显缩了水，很快又要在六个孩子中间均分，所以也就不再是一笔很可观的财富了。安森从他最小的妹妹们身上看到了一种趋势，因为当她们谈起那些二十年前还根本籍籍无名的某些家族时，竟然带着某种尊敬的语气。而他自己的优越感却在她们那儿完全得不到共鸣——安森无奈地将这样的表现视为某种无法免俗的势利。另外，这一年也将会是他们夏天去康涅狄格州别墅度假的最后一年；因为反对的声音实在太多了：“谁想要把一年中最好的时间浪费在一个死气沉沉的老城里？”他非常不情愿地妥协了——这栋别墅秋天的时候会挂出来售卖，到第二年夏天，他们会在威斯特切斯特县里租一个小一点儿的地方。这跟父亲所主张的高贵的简朴相比，已经是退而求其次了，虽然他也多少能跟现在这些叛逆的主张共情，但还是有些恼火的，毕竟在母亲在世的时候，他几乎隔周都会去上一次——即便是在最欢乐的夏日时光也不例外。

然而，他自己也是这种变迁的一部分，他对生活极为敏锐的直觉令他在二十几岁的时候就以一种参加虚伪葬礼般的方式，告别了日益衰败的有闲阶级的生活方式——只是他依然觉得，对于社会而言，是存在某种规范或者说标准的。但实际上并没有什么规范的存在，甚至于说纽约城到底有没有真正意义上的规范，都是个问题。那些为了进入某个特定的成功人士的圈子而付出和拼搏的人们，最终会发现在这个社会里，圈子其实已经没什么作用了——或者说，更具有警示意义的是，那些他们曾避之不及的波希米亚艺术家们，现在反而高坐在贵宾席上了。

大概二十九岁那年，安森的首要问题是他孤独感的日渐加重。他现在很确定他不会结婚。他曾做过伴郎或引领员，参加过的婚礼数不清——他的家里有一个抽屉，里面放的全是参加这一场或那一场婚礼的领带，有些领带是那些没撑过一年的浪漫象征，有些则代表着已从他生活中消失了的一对对夫妇。至于那些领带夹、金笔、袖扣，整整一个时代的新郎们送给安森的礼物，在他的珠宝箱里总是放置片刻便又送出，最终不知去向了。只是经历了一场又一场的仪式之后，他越来越难以相信自己某天能够成为新郎。他对所有的婚姻都衷心地祝福，可对自己的婚事却带着一种绝望。

当他接近三十岁的时候，他变得越发消沉起来，因为发现婚姻已经严重影响到他的朋友关系了，尤其是在最近。人们结成的群体总有一种让人不安的倾向，就是逐渐趋于解散和消失。他的大学同学们——他对于他们所花费的时间和情感是最多的——也是最难以捉摸的不知所踪的一群人。他们中大多数人都在为各自的家庭生活奔波忙碌，两位已经去世了，有一位去了海外生活，还有一位在好莱坞为电影写分镜剧本，安森是他所参与制作的电影的忠实影迷。

然而，绝大多数人都是每天通勤上班，家庭琐事缠身，日常光顾一些郊区的乡村俱乐部，而恰恰这些原因最能让他感到自己与其他人的日渐疏离。

在新婚之初，他们总是很需要他；而他为他们提供一些基于他们薄弱的经济状况的建议，在他们疑虑要不要在两室一卫的小房子里新添一个孩子时，他帮他们打消疑虑，尤其是他代表着外面的广大世界。可是现在，他们的经济上的困难都已经是过去时了，曾经担心孩子到来影响二人世界，也早就变成了其乐融融的三口之家。他们总是很高兴见到老朋友安森，不过现在他们会盛装打扮来接待他，仿佛是想告诉他，他们如今出人头地了，也能解决自己的烦恼和麻烦了。他们不再需要他了。

就在他三十岁生日的前几周，他早年结交的好朋友里最后的一位也结婚了。安森照例担任了伴郎的角色，也按他常规的礼物规格送了一套银质茶具过去，并且去码头与新人道别，因为他们即将要乘坐“荷马号”邮轮去度蜜月了。那是五月一个炎热的周五下午，当他从码头踱步向回走时，他意识到接下来的周六和周日两天他都是空闲的。

“去哪儿呢？”他暗自忖度着。

当然可以去耶鲁俱乐部；晚餐前可以打打桥牌，然后去某人房间喝上四五杯鸡尾酒，打发一个惬意而难得糊涂的夜晚。他对今天下午的这个新郎官无法跟他一起做这些而感到遗憾——想当初，他们总能为夜晚时光找到很多事来干：他们懂得如何与女人搭讪以及如何甩掉她们，用他们机智的享乐主义来分辨该给什么样的女孩多少的关心。派对是一个很有技巧的事情，你带某个女孩去某个地方，在她们的娱乐方面有适度的消费；酒要稍微喝一点儿，不要喝多，就比应该喝的量稍稍多一点就可以了，然后在早上选一个适当的时机，起身，说自己要回家了。当然做这些的时候要避开大学的其他男生、喜欢揩油的人、未来的约会对象，避免打架斗殴、感情用事，保持言行的得体。这便是跟女孩子的相处之道。至于其他的，那都不过是浪荡寻欢罢了。

到了早上，你绝不用感觉特别遗憾，因为你也不曾下过什么决心呀。但如果真的有点玩过了头，你的心会多少有点忐忑不安，那你就开车出去兜几天风，对这件事也不必去提，等到烦躁无聊累积到一定程度了，你就会去参加另一场派对了。

耶鲁俱乐部的大厅里冷冷清清，没几个人，在吧台那边，三个非常年轻的校友抬头看了看安森，扫上一眼便毫无兴趣的模样。

“嘿，你好啊，奥斯卡，”他对调酒师说，“卡希尔先生下午来过没有？”

“卡希尔先生去纽黑文了。”

“哦……这样啊？”

“去看球赛了。一块儿去的人不少呢。”

安森又往大厅处望了望，思考了一会儿，然后出门沿着第五大道走了。透过某个他已经五年没有去过的俱乐部的大窗户，他看到一个发色灰白的男人双眼噙着泪水正望向他。安森赶紧躲开了自己的眼神，那个人坐在那儿，带着几分无可奈何的散淡，又透着一种孤芳自赏的清冷，这样的感觉令他不免感觉压抑和忧伤。他停下脚步，顺着原路折返，走向47号街泰克·沃登夫妇的公寓。他们夫妇两人曾经一度是他最熟悉的朋友——当他和多莉·卡吉尔在一起的那段时间，他们家是最常去的一处。但后来泰克经常酗酒，他的妻子则公开指责是安森把她的丈夫带坏了。这些话以一种夸张的形式传到了安森的耳朵里——尽管最终误会解除了，但那层亲昵的关系却遭到了破坏，无法完全修复了。

“沃登先生在家吗？”他问道。

“他们去乡下了。”

这个答案意外地刺痛了他。他们都去乡下了，而自己根本都不知道。要是在两年前，他肯定会确切地知道他们哪一天哪个时刻出发，并会赶在最后时刻来喝上一杯为他们送行的酒，然后计划下次去新的地方探访他们的时间。而现在，他们一声招呼都不打就这么离开了。

安森看了看他的手表，考虑着跟家人一起度过这个周末，可是现在唯一能搭的一班火车是趟慢车，要在酷热之中颠簸整整三个小时才能到达。而且那样意味着他明天也要待在乡下，还有礼拜天也是一样——他没有兴趣陪那几个文质彬彬的大学生在门廊上打桥牌，或者是去一个乡村的路边小店吃过晚餐后之后再去跳舞，虽然安森的父亲极为津津乐道于这些微不足道的凡夫俗子之乐。

“啊，不要，”他自言自语道，“不要。”

他是个仪表堂堂的青年才俊，虽然现在略微发福了，但也看起来是个洁身自好的人，没什么放浪形骸的痕迹。他也许本来会成为某些栋梁之材的——有时候你可能很确定他不会成为社会栋梁，有时候你会觉得包括在法律或宗教等其他方面，他也成为不了栋梁。他就在 47 号街的人行道上面对着公寓站了几分钟，这几乎是他人生中第一次没有任何想要去做的事。

接着，他开始轻快地迈开步子，向着第五大道走去，就好像他被突然提醒在那儿有一个重要的约会场合似的。需要掩饰，这是我们人跟狗的少数几个共同特征之一，而在我看来，安森那天的表现，就像是当一只养尊处优的纯种犬被熟悉的大门挡在了外面时那般的失望。他打算去见尼克，一个曾经在所有私人舞会上都相当受欢迎的调酒师，而目前他在那个拥有着迷宫一般的酒窖的广场大酒店里专职负责冷却无酒精类香槟。

“尼克，”他说，“一切都还好吗？”

“闷死了。”尼克说。

“给我调一杯酸味威士忌吧，”安森给柜台递了瓶一品脱的酒瓶。“尼克，现在的女孩子真是不一样了啊；我之前认识的一个布鲁克林的小姑娘，上周她结婚了都没有告诉我。”

“真的吗？哈——哈——哈！”尼克老练地回答说，“她竟然比你还滑呀！”

“绝对的，”安森说，“她结婚前的那天晚上还跟我一块过夜呢！”

“哈——哈——哈，”尼克闻言大笑，“哈——哈——哈！”

“你还记得那场婚礼吗，尼克？就是在温泉酒店我跟服务生和乐师们一块合唱《上帝拯救国王》的那一场。”

“那是在哪儿啊，亨特先生？”尼克有些疑惑地努力回忆着，“我记得好像是——”

“当时我刚给了钱，他们又跑来让我多给些，然后我就开始纳闷到底我付了他们多少钱，”安森接着说。

“我记得，那好像是特伦霍姆先生的婚礼吧。”

“我不认识他。”安森斩钉截铁地说。他对一个陌生名字突然打扰了他的回忆感到有些冒犯；尼克也觉察到了这一点。

“哎呀，这个——”他承认搞错了，“我应该知道这事儿的。是你们那帮人里的一个嘛！布拉金斯……贝克——”

“宾克·贝克！”安森立刻回应道，“婚礼结束后他们把我放进了一辆灵车给我盖满了花然后开走的。”

“哈——哈——哈，”尼克又是一阵大笑，“哈——哈——哈！”

尼克扮演了一会儿老家仆的样子，就开始敷衍起来，安森起身上楼去了饭店大堂。他环顾四周——先是看到在前台工作的一位不熟悉的新员工，然后注意到了应该是早晨某场婚礼剩下的一朵花正被丢弃在一个黄铜痰盂里，摇摇晃晃的。他走出了酒店，慢慢朝着哥伦布圆形广场方向的那一轮血色残阳走去。突然，他转过身，又折返回广场大酒店，并把自己关进了一个电话亭里。

后来他告诉我，他那天给我打了三遍电话，不只是我，他给可能在纽约的每个人都打了电话——那些他许久未见的男人和姑娘们，也包括一位他大学时认识的艺术家的模特的电话，那个号码在他的地址簿上都褪色了——转接员告诉他，连交换台都已经是空号了。然后他开始扩大范围到全国的号码，于是他跟那些语气生硬的管家和女佣们有了几句简短而令人失望的对话。一个一个的，不是出门了，就是骑马去了，要么是游泳，打高尔夫，还有上周乘船去了欧洲的。他实在不知道，还能再给谁打电话呢？

想到他要一个人打发晚上的时光，可真是叫人难以忍受。面对着不断加深的孤独感，享受片刻私人时光的计划顿时变得毫无魅力可言。以前他身边从不缺女人，可现在他认识的人却像全都人间蒸发了一样，当然，随便招一个陌生女郎陪他度过纽约一夜的选项并不在他的范围之内——在他看来是可耻的和不可告人的，只有在全国四处奔波的推销员们才会在陌生城市里进行的消遣。

安森付电话费时，女收款员就他巨额的电话费开了个玩笑，他也没有什么反应，这个下午，他第二次打算离开了广场大酒店，向着他也不知道的方向走去。在酒店的旋转门附近，站着一位女性，她的身形看得出显然是怀孕了，她迎着一侧的光站在那儿，当旋转门转起来，她那条薄薄的米色披风就在肩上迎风飘动起来，每一次门转动她都会有些不耐烦地望向门的方向，看起来她已经等得有些疲惫了。安森第一眼看到她，便有一种熟悉的感觉仿佛全身过电一般地袭来，可是一直走到相隔五步的距离，他才认出那是宝拉。

“天哪！怎么会是你？安森·亨特！”

他的心里登时翻江倒海。

“怎么，是宝拉——”

“天哪，这真是太神奇了。我简直无法相信，安森！”

她双手拉住他的手，他从她这样自如的表达里明白过去的那些记忆已经不再令她感到辛酸了。但他却不是——他觉得她在他心中所激起的那些旧日情殇又不知不觉间向他的大脑袭来，还有每当面对她的乐观时，他的内心总会被激起某种温柔，好像生怕破坏了那层乐观的表面似的。

“这个夏天我们都在拉伊。彼特要来东部处理生意上的事情——你肯定知道我现在是彼特·哈格里夫人了吧——所以我们把孩子们也带来了，买了 栋房了在这边。你应该过来看看我们。”

“我可以吗？”他直截了当地问，“什么时候可以拜访你们？”

“你什么时候愿意来都可以呀。这就是彼特。”旋转门转动起来，走来一位三十岁左右的男人，身材高大，肤色是健康的小麦色，胡子精心修剪过。他完美的身材与安森已经发福的肚子形成了鲜明的对比，安森今天穿了一件略为修身的礼服，反而更显臃肿。

“你不该在这里一直站着，”哈格里先生对太太说，“咱们坐到那边去吧。”他指了指那边大堂的椅子，不过宝拉却有点儿犹豫。

“我觉得咱们应该直接回家了，”她说，“安森，要不然——

要不然今晚来我们家共进晚餐如何？我们刚安顿下来，不过你要是不介意——”

哈格里也热情地表达了邀请之意。

“今晚欢迎来我们家。”

他们的车子就停在酒店前面，宝拉上车后，疲倦的她把自己陷在角落的丝绸靠垫之中。

“我有太多话想跟你说了，”她说，“简直是说不完的话。”

“你讲吧，我太想听了。”

“好啊，”她微笑着看向哈格里，“那可要讲上好久呀。我有三个孩子，都是第一段婚姻的时候要的。最大的已经五岁了，还有一个四岁，一个三岁。”她又微笑起来：“我要他们倒没怎么耽误时间，是吧？”

“都是男孩吗？”

“一个男孩，两个女孩。然后呢——啊，发生了好多事情呢，去年我在巴黎离了婚，然后嫁给了彼特。差不多是这样——不过我现在真的很幸福。”

到了拉伊，他们把车开到海滩俱乐部附近的一栋大房子跟前。紧接着，只见三个身形苗条、肤色黝黑的孩子，挣脱了一位英国家庭女教师向他们欢呼着跑了过来。宝拉有点心不在焉和费力地把他们一个个搂进怀里，他们则小心翼翼地接受着母亲的爱抚，明显像是被告知要注意不能冲撞到有了身孕的妈妈。即便跟孩子们娇嫩的小脸蛋比起来，宝拉的皮肤也完全没有显出衰老——实际上，除了有些倦态之外，她看起来似乎比七年前在棕榈滩的那次见面时整个人反而还更显年轻了一些。

晚餐期间，她一直心事重重的样子，饭后收听广播的时候，她靠在沙发上，闭着双眼，以至于安森觉得自己到现在还没有离开可能已经是对主人的一种打扰了。不过，九点钟的时候，哈格里起身，愉快地说他要先离开了，他们两个可以单独聊一聊，宝拉才开始慢慢地讲起她自己和过去的一些事。

“我的第一个宝贝，”她说，“就是我们叫她达琳的小姑娘，年纪最大——当时我知道怀了她的时候我简直有想死的心，因为罗威尔对我冷漠得像陌生人一样。他根本不把她当成自己的孩子。我当时给你写过一封信，但后来我把它撕了。啊，你那时对我真的太糟糕了，安森。”

还是当初的那种对话，让人情绪起伏。安森感到记忆的闪回。

“你不是订过一次婚吗？”她问，“跟一个叫多莉还是什么的女孩？”

“我们根本没订过婚。我尝试过，但是我发现自己除了你之外，谁都不爱，宝拉。”

“哦！”她说，稍停顿了一下，“我现在怀的这个孩子是我第一个真正想要的孩子。你看，我现在终于——找到了所爱。”

他没有回答，震惊于她的回忆竟是对他而言的一种背叛。她肯定也察觉到了“终于”两个字可能挫伤了他，于是她接着说：

“我当时非常迷恋你，安森——你当时可以让我为你做任何事。

但我们在一起不会幸福的。对你而言，我不够聪明。你总是喜欢把事情搞得很复杂，而我不喜欢那样。”她停了一下，“你永远都定不下来。”她说。

这句话仿佛一记重锤砸在了他背上——这是在所有对他的谴责中，他最不该受到的一项谴责。

“如果女人们不这样的话，我本来是可以定下来的，”他说，“如果不是因为我那么了解女人，如果女人们不会为了其他女人而争风吃醋，如果她们能有那么一点点自尊心，我本来是可以定下来的。要是有一天我能在一个真正属于我自己的家里睡上一会儿，然后醒过来，该有多好啊——宝拉，我就是这样一个人，也是女人们从我身上看到和喜欢我的原因所在。只不过，我现在已经没有机会再重新来过了。”

哈格里在接近十一点的时候回来了。喝了一杯威士忌以后，宝拉起身说她需要上床去休息了。她走向了丈夫，站在他的身旁。

“你刚才是去哪儿了啊，我的亲爱的？”她问道。

“我去跟艾德·桑德斯喝了一杯。”

“我刚还有点担心，我以为你逃跑啦。”

她把自己的头枕靠在他的外套上。

“他真的很惹人喜欢，是不是，安森？”她问道。

“当然。”安森大笑着说道。

她把脸扬起来看着丈夫。

“好了，我准备好了，”她说着，转向安森，“你想不想看我们的家庭体操表演？”

“好啊。”他饶有兴趣地回答。

“好的，来了！”

哈格里轻松把她抱了起来。

“这叫我们的家庭杂技表演，”宝拉说，“他会抱我上楼。他是不是很贴心？”

“是啊。”安森说。

哈格里把头弯下，他的脸贴在宝拉脸上。

“我真的爱他，”她说，“我刚跟你说过了，是不是，安森？”

“是的。”他说。

“他是我在这个世界上遇到的最宝贵的人了，不是吗，我亲爱的？……好吧，晚安啦。我们上楼了。他是不是很强壮？”

“是的。”安森说。

“你休息的床上放了一套彼特的睡衣，你可以穿它。做个好梦——明天早餐见了。”

“好的。”安森回答说。

8

公司的老员工们不断地劝说安森，这个夏天他应该出国休个假。过去七年里，他几乎没有休过一次假，他们说。他现在变得有点老气横秋的，整个人需要有些改变了。但是安森很抗拒。

“我要是去了，”他声称，“那我就不打算再回来了。”

“老哥，这有点夸张了。你过三个月回来之后，所有的郁闷都会一扫而光的。你就会变得跟过去一样容光焕发了。”

“不，”他固执地摇了摇头，“要是我停下来，我就不会回来工作了。要是我停下来，说明我已经放弃了——那我就真的完蛋了。”

“让咱们试一试吧。如果你愿意，你休上六个月的假也行。我们根本不怕你会离开我们。你看，你这个工作狂，不让你工作的话你是根本受不了的。”

他们为他把行程安排妥当了。他们喜欢安森——每个人都喜欢安森——不过他最近状态上的某些变化似乎让整个办公室都蒙上了阴影。他以前那种总能对工作燃起的热情，对他的同事和下属的体贴照顾，他的朝气蓬勃、意气昂扬的气势，在过去四个月里随着他愈益加深的焦虑和不安而全部消失不见了，他全然变成了一个挑剔、易怒以及悲观厌世的“四十岁老男人”。在他参与的每项交易里，他都变成了拖后腿添麻烦的角色。

“我要是离开了，就再也不回来了。”他总会这么说。

在他登船的前三天，宝拉·莱金德利·哈格里因为难产而去世了。那段时间，我总是跟他待在一起的，因为我们还准备一起出行的，自从我们交朋友以后，他第一次一个字也没有向我表达他的感受，我一点都没有看到他的情绪的任何细微的表露。在外人看起来，他似乎主要考虑的是他已经三十岁了这个事实，他总会在谈话中转到这个点上，然后就陷入沉默之中，仿佛他有关年龄的这个表述本身足以开启一个有关于它自身的一连串思考。跟他的合伙人一样，我对他的变化也感到非常吃惊，但我也很高兴地看到当“巴黎号”邮轮向着一片联结诸世界的新的水域空间启航时，他曾经的王国也因此被抛诸脑后。

“要不要去喝上一杯？”他提议说。

我们带着一种叛逆青年般的情感走向吧台，这种情感正适合于启程的日子，我们点了四杯马提尼。他刚喝下一杯，突然看上去跟以往不同了——他猛地把身子探了过来，带着一种我已数月未曾见过的那种快活，拍了拍我的膝盖。

“你看到那边戴着红帽子的姑娘了吗？”他问道，“就是那个脸色红润的女孩，今天还有两个警察带着警犬来给她送行呢。”

“她是个漂亮姑娘。”我附和道。

“我刚才去乘务长的办公室查了一下，发现她是一个人上船的。我等会儿下去找一下乘务员。咱们今天晚上跟她一起共进晚餐。”

没过一会儿他就离开了，不到一个小时之后，他已经在甲板上与她并肩漫步了，他们交谈之间，还听得到他那响亮而有力的嗓音。她红色的帽子在碧绿海水的映衬下显得格外靓丽，姑娘还不时地抬起头并点着头，带着愉悦、兴致与期待微笑着。共进晚餐时，我们点了香槟，大家都非常开心——晚餐过后，安森兴致勃勃地去打台球，有好几个人见到我都询问他的名字。在我要回去休息的时候，他还在酒吧的沙发上跟那位姑娘边聊边笑着。

在整个旅程中，我见到他的次数比我预期的要少。他安排过四人牌局，不过因为三缺一最后没开成，所以基本我就只在用餐时段见得到他。不过，有的时候，他也会到酒吧喝一杯鸡尾酒，那个时间他就会跟我讲戴红帽子的姑娘的故事，他跟她之间的冒险故事之类的，以安森的行事之道，那些故事总是引人入胜、跌宕起伏的，而我也很高兴看到他又变回了他自己，或者至少那个我所熟悉的他，那能让我有种没有离开家的感觉。假如没有某个人爱上他，没有像铁屑被磁石吸引般那样爱他和回应他，帮助他去解释他自己，或者向他的生活承诺某种希望的话，我不觉得他能够真的快乐。至于具体那是一种什么样的承诺或者说希望的话，我也说不清楚。也可能就是一种期望吧：是在这个世界上，永远存在着某个女性，可以把她们最灿烂、最稚嫩、最宝贵的时光用来照顾和保护他的那份优越感吧，那可是他内心中最为珍视的东西了。

Winter Dreams

冬日的梦

1

有些在高尔夫球场做球童的孩子家境是极度贫穷的，就是那种一家人挤在一间屋子里，全指望前院那一头病恹恹的奶牛的那类家庭。可是德克斯特·格林却并非如此，他的父亲在黑熊镇经营着镇上第二大杂货商店，最好的那间商店则是雪莉岛的富人们经常光顾的。德克斯特来做球童，纯粹只是为了多挣点零花钱。

每当秋季来临，寒风四起、阴霾蔽日的时候，也便将要迎来明尼苏达州的漫长冬日了，周遭的一切仿佛要被皑皑白雪冰封于盒子之中，而德克斯特总喜欢在这样的日子里带上他的滑雪板，穿行在被积雪掩埋了平日球道的高尔夫球场之中。也是在这样的时刻，整个乡间的景象总带给他一种深入心扉的忧郁之情。他并不喜欢看到高尔夫球场被迫如抛荒地一般闲置着，除了那些羽毛乱蓬蓬的麻雀外，整个漫长的冬季都无人光顾这里。那些在夏日里总是欢快地飘扬着彩旗的发球台区域，如今也变成了一堆堆冻结在没膝深的坚冰之中的沙箱，枯燥而沉闷。他翻过山丘，风吹在脸上如刀割一般，有的时候太阳出来了，他又不得不在艰难跋涉的路途中眯起眼睛，躲避那刺眼的强光反射。

一到四月，冬季便戛然而止。积雪消融并迅速流入黑熊湖，即便是拿着红色黑色的球，最早来到场地的勇敢的高尔夫选手们也无缘得见这景象了。没有兴高采烈的告别，也没有潮湿温润的雨的赞颂，寒冷就这样悄无声息地离去了。

德克斯特对北国春日的阴沉惨淡和秋日的华美灿烂都深有体会。秋天一到，他就忍不住握紧双拳，兴奋得战栗不已，自言自语地重复着一些略带傻气的句子，对着头脑中想象的观众和军队，仿佛自己是位指挥官一般英姿飒爽地发号施令。十月总让他满怀希望，十一月则将这份希望变成了让人心醉神迷的胜利，在这样的心绪里，雪莉岛夏日里那倏然而过的亮丽风景，完全变成了他想象的素材。在他不下几百次的想象里，他自己成为打败了 T. A. 亨特里克先生而勇夺冠军的高尔夫球运动员，而这样的比赛已经被他从每个细节上不厌其烦地设想过各种可能——他有时候完全是轻松获胜，有时候则是在开局不利的情况下反败为胜。他还想象着自己就像莫提摩尔·琼斯先生那样，从一辆皮尔斯－箭牌高级轿车上走下来，迈着淡然而闲散的步子走进雪莉岛的高尔夫俱乐部的休息室。或者他也会想象自己被周围钦慕的人群包围着，从俱乐部浮码头的跳板上，纵身一跃，完成了一次让众人称慕不已的花式跳水表演，当然，莫提摩尔·琼斯先生也是这些被震撼到瞠目结舌的观众之一。

但是终于有一天，是琼斯先生——他本人而不是他的魂——双眼含泪地走向德克斯特，跟他说他是俱乐部最好的球童，如果他愿意继续干，琼斯先生愿意给他提升更多的薪水——因为其他所有的球童都会平均每个球洞就给他丢掉一个球。

“不行，先生，”德克斯特主意已定，“我不想再做球童了。”然后，他稍作停顿：“作为球童，我的年纪太大了。”

“可你还不到十四岁啊。到底今天早上发生了什么见鬼的事情，让你要辞职啊？你不是本来还答应下周跟我去洲际锦标赛的吗？”

“我就是觉得我的年纪太大了。”

德克斯特交还了他的“一等”球童徽章，从球童的领队那里拿了工钱，往自己在黑熊村的家走去。

“他真是我见过的球童里——最好的，”莫提摩尔·琼斯先生那天下午喝酒的时候大声喊道，“从来没有丢过一个球！任劳任怨！聪明！安静！诚实！懂得感恩！”

而引发这一切的，其实是个十一岁的小姑娘。所有这个年纪的小女孩总会带着某种还没有长开的青涩，但绝对会在几年之后注定出落得莫名可爱，引无数男人竞折腰。可是这个姑娘明显比同龄人更夺目出彩。她笑的时候，嘴角总会流露出一丝邪魅，而她的眼睛里满是一种蛊惑人心的激情。这样的女性总是很早就已绽放着活力，而此刻的光线勾勒出她瘦削娇媚的身材，散发着迷人的光彩。

这天她迫不及待地出了门，九点钟就已经到了高尔夫球场，随行的是一个身穿白色亚麻衣服的保姆，保姆肩上背着一个白色的帆布袋子，里面放着五支崭新的高尔夫球杆。德克斯特第一眼看到这姑娘时，她正站在球童室的外面，看上去有点不自在。为了掩饰这种不安，她没话找话地跟保姆聊着天，时不时做出些夸张的惊奇的神情，或是无缘无故地扮出个鬼脸的表情。

“希尔达，今天是个不错的……”德克斯特听她说道。她嘴角一弯，边笑，却边四下偷瞟着，她的眼神扫过德克斯特时，稍稍停了一下。她继续跟保姆说：“所以，我猜今天早上也没太多人会来这里，是不是？”

又是那样的微笑——即便这么明显的矫揉造作，还是那么迷人。

“我不知道现在咱们该做点什么。”保姆有点儿迷茫地回应道。

“啊，没问题。交给我吧。”

德克斯特一动不动地站在那里，嘴巴微微张开。他知道如果他再往前走一步，就会进入那女孩的视线之内，可如果他后退一步，他就会看不清楚她的脸。有那么一刻，他都没意识到她的年龄有多小。现在他想起来，几年之前他还见过她几次穿着灯笼裤的样子呢。

突然地，他有点不自愿地笑出了声，这笑声有些短促而唐突，他自己也被这笑声惊了一下，于是转过身来赶忙走开。

“那个男孩！”

德克斯特停住脚步。

“那个男孩——”

毫无疑问，叫的是他。不仅如此，叫他的女孩还冲他一笑，那是多么荒谬诡异的笑脸啊！这个笑容的记忆能让至少一打男人到中年也忘不了。

“男孩，你知道教高尔夫的老师在哪儿吗？”

“他正在上课。”

“好吧，那你知道球童的领班在哪儿吗？”

“他今天早上都不在这里。”

“哦。”有那么一会儿，这有点儿难倒她了。她开始变换着双脚的姿势站在那儿。

“我们最好找个球童。”保姆说，“莫提摩尔·琼斯夫人叫我们来打球，可是我们没有球童怎么打呢？”

保姆的话还没说完，就被琼斯小姐狠狠瞪了一眼，她就闭嘴了，琼斯小姐紧接着又是一个微笑。

“这儿除了我没有其他球童了，”德克斯特对保姆说，“但我得守在这儿，一直到球童领班来才可以。”

“哦。”

琼斯小姐和她的保姆离开了，她们走到离德克斯特有一段距离的地方，就又开始激烈地争执起来，说着说着，琼斯小姐拿出一支球杆，使劲地用它敲击着地板。但这样貌似还不足以宣泄她的情绪，于是她又举着球杆要朝保姆的胸脯打去，被保姆一把抓住了杆，一扭把球杆夺了下来。

“你这个该死的烦人的老东西！”琼斯小姐尖声大叫着。

接着又来了一顿争吵。德克斯特总觉得这一幕里太多喜剧的元素，所以好几次没忍住笑了起来，不过每一次他都是压住了声音。他很难压制自己那奇怪的信念：这个小姑娘打她的保姆是有正当理由的。

直到球童领班突然地出现，这场小闹剧算是得以收场了，保姆立刻开始向领班诉起苦来。

“琼斯小姐想找个球童，但这个男孩又说他不能离开这里。”

“麦克肯纳先生让我一直在这里等到您来为止。”德克斯特很快地说。

“好啦，他现在总算来了！”琼斯小姐很高兴地对着领班笑起来。然后，她把球袋子往地上一扔，迈着调皮的小碎步，朝着第一个球座走去。

“怎么样？”球童领班转向德克斯特，“你还傻愣在这儿干吗？赶紧捡起来这位小姐的球杆啊！”

“我觉得我今天不想干活了。”德克斯特说。

“你说不想？”

“我说我打算不干了。”

他这个堪称重大的决定说出口的一瞬间，自己也被吓到了。他一向是这里最受喜爱的球童，在夏季每个月能从这里赚到三十美元，黑熊湖附近也绝没有第二处能有如此丰厚的报酬了。但是他现在被如此强烈的感情触动了，内心的不安必须要这样一个痛快而当下即能宣泄的出口。

当然，事情也绝非那么简单。正如他未来人生中时常会出现的那种情形，德克斯特总是无意识地听命于他的这个冬日之梦。

2

现如今，这些冬日之梦总在内容和时机上呈现着变化，但它们的本质从未变化。它们驱动着德克斯特，在数年之后放弃了去州立大学读商科的机会。其实他的父亲那时已经非常富有了，本来可以资助他的学费。他选择了更冒险一些的决定，去了东部一所更古老但也更有名气的大学读书。在那里，他时常为资金的捉襟见肘而烦恼。不过千万不要因为这个男孩的冬日之梦是由想要变得富有而开启的，就认为他只不过只是一个势利的男孩。他并不是为了要跟那些光鲜亮丽的人或者事物沾边，他只是对光鲜亮丽本身充满了向往。他常常对最好的事物本能地伸出双手，却不知道为何向往它们——有时候，他又遭遇着生活对于他的向往的拒绝，使他求而不得。我们这里要讲的正是其中的一件求而不得之事，而这与他的职业生涯并无关系。

他发达了，整个过程也是相当传奇。读完大学后，他去了一个城市，那儿的富豪们常去黑熊湖消遣。他仅仅去了那里不到两年，在他二十三岁的时候，那儿的人们就开始谈论着“这个小伙子如何如何——”当那些富家公子们还在冒着风险兜售债券，或是拿着祖产做着冒险的投资，或是埋头苦读二十四卷本的《乔治·华盛顿商业教程》的时候，德克斯特凭借他的大学文凭和三寸不烂之舌，借到了一千美元投资成为一家洗衣店的合伙人。

当他投资这家洗衣店的时候，它只是个名不见经传的小门头。但是，德克斯特却从英国人那里学习了一项专门技术，就是如何洗高级羊毛高尔夫球袜，却不使它们缩水变形。不到一年的时间，他就让那些穿灯笼裤的顾客们对他趋之若鹜。男性顾客们坚持他们的设得兰长袜和羊毛外套只能送去他的洗衣店，就像当年他们坚持用这个能找到所有球的球童一样。在这之后不久，他们的太太的内衣也送到店里来——于是，在城里不同区域很快有了五家分店开张。在他二十七岁的时候，他已经成为这个地区的行业龙头。他之后卖掉了自己的股份，只身前往纽约发展。不过我们这里要讲的故事，恰恰要回溯到在他事业刚赚得了第一桶金的那时候。

那时候他二十三岁，哈特先生作为喜欢称赞“这个年轻人如何如何”的其中一位灰白色头发的先生，送给德克斯特一张去雪莉岛高尔夫俱乐部共度周末的嘉宾卡。于是，他在签名表上签上了自己的名字，并且那天下午跟哈特先生、桑德伍德先生以及 T. A. 亨特里克先生一起打了高尔夫球。他倒不觉得自己有必要提到曾经是在这里给哈特先生背过球袋的球童，其实，他闭上眼也对这里的每一条沟沟坎坎都清楚得很——不过，他发现自己会不时看一看现在这四个跟着他们的球童，仿佛是要通过他们的姿态或者眼神去提醒自己，填补在当年的自己和现如今的自己之间的那条鸿沟。

那真是奇妙的一天，一幕幕熟悉的往事突然地飞驰而来，又被一一击破。前一分钟他还感觉自己像是一个不够格的僭越者，下一分钟他发现自己远远胜过 T. A. 亨特里克先生，实际上，他发现亨特里克先生只是一个无聊的人，而且他高尔夫球的技术真不怎么样。

然后，由于哈特先生在第十五号洞果岭处丢了球，一件大事发生了。正当他们在深草区找球的时候，背后从山那边传来一声清晰的“躲开”。他们猛然转身，却见到一只簇新的球正从山那边斜飞过来，刚刚好打在了亨特里克先生的肚子上。

“哎哟！”亨特里克先生大叫了起来，“他们就应该把那些球场上的疯女人赶走。真是越来越不像话了！”

一个声音伴着一个脑袋从小山后面冒出来：

“不介意的话，我们比试一下咯？”

“你打中了我的肚子！”亨特里克先生气势汹汹地谴责道。

“是吗？”女孩走近这群男人，“对不起啊，不过我刚喊了‘躲开’的！”

她漫不经心地瞟过每个在场的男士，然后开始用目光搜寻赛道找她的球。

“我打进了长草区吗？”

很难确定她这句问话是天真的发问，还是一种挖苦。不过很快她就打消了疑问，因为当她的伙伴从山上过来时，她高兴地冲他们喊道：

“我在这儿呢！要不是我的球碰到了什么东西，这球就一杆打进果岭的球洞了。”

接着，她用五号铁头球杆，摆正姿势准备打一个短球，而德克斯特则仔细地打量着她。她穿了一件蓝色的条纹裙子，领口和肩膀上有白边装饰，跟她晒得健康的小麦色皮肤形成了对比。十一岁的她身上曾经的夸张、瘦削，以及她那看着有点别扭的灵动的眼眸和向下撇的嘴角，如今全都不见了。现在的她只有摄人心魄的美丽。她脸颊的颜色就像是画上的那般——并不是一种常见的“红润”，而是介于运动之后发热的脸色与发烧的那种脸红之间的一种时有时无的色调。这样的脸色和她那张灵巧的嘴，让人觉得她是如此光彩照人、生机勃勃、激情四溢——这倒是平衡了她眼中流露的那一点点隐藏起来的满溢的忧伤。

她挥舞着球杆，不耐烦又兴味索然的样子，把球击落到果岭另一侧的沙坑里。她匆忙而礼貌性地笑了一下，丢下一句漫不经心的“谢谢”，便朝球的方向走去。

“这个朱迪·琼斯！”亨特里克先生与大家一起等着她开球，这会儿则站在一旁的发球座评论道，“她就需要被好好教训一下，狠狠地打她的屁股，打上半年她就老实了。然后应该让她嫁给一个老派的骑兵头子去收拾她。”

“哦，天哪，她真是好看啊！”刚满三十岁的桑德伍德先生说。

“好看！”亨特里克先生轻蔑地说，“她看起来就像总要等待被人亲嘴似的！她那母牛一般的大眼总是朝这镇上的每个小牛犊子放电！”

说实话，很难确定亨特里克先生是否是有意地在把话题往母性本能上扯。

“她要是好好练，高尔夫球能打得非常不错。”桑德伍德先生说。

“她姿势动作上不行。”亨特里克先生严肃地说。

“她的体型可是非常棒啊。”桑德伍德先生说。

“我看还是应该感谢老天爷，让她刚才那个球的球速没有更快些。”哈特先生边说边朝德克斯特眨了眨眼睛。

那天的日暮时分，乌金坠地，红蓝交叠的天空下，是西部夏日清爽的窸窣风声。德克斯特从高尔夫俱乐部的走廊向远处眺望，只见微风中水波粼粼，满月之下仿佛银色糖浆一样。接着，月亮仿佛轻轻地将一根手指放在她的嘴唇上，湖面变得澄澈，淡泊而宁静。德克斯特穿上他的泳衣，游到了最远处的浮码头才上岸，他舒展身体，躺在跳板的帆布上，湿漉漉的。

一条鱼跃出了水面，头顶的星星在闪，围绕湖边的灯光忽明忽暗的。从远处一座隐秘的岛上，传来一阵钢琴声，正弹奏着去年夏天以及很多年前的夏天曾经流行的歌曲——如《中国蜜月》《卢森堡伯爵》以及《巧克力大兵》——德克斯特总是觉得水面飘来的钢琴声是那么美，所以他安静地躺着，全心地在欣赏着。

钢琴开始弹奏的这一曲，是一首欢快而新鲜的曲子，它正是五年前当德克斯特还在读大学二年级的时候听过的。记得这首曲子是在一个学校舞会上演奏的，可当时对他来说舞会的票太贵了，所以他是站在场馆外面听完的这首曲子。这曲调突然让他陷入了一种心醉神迷之中，这样的陶醉也让他审视发生在自己身上的变化。他此刻充满了一种强烈的感恩的情绪，认识到他与自然是如此协调，似乎他身边的全部都在闪耀着某种他此前从未感知过的明亮与光辉。

突然，一个很低的暗淡的长方形物体从黑乎乎的小岛那边飞驶出来，随即传来的是摩托赛艇在水面的阵阵回声。两道白色的水柱被它分开，还没等德克斯特反应过来，摩托艇已经开到了他的身旁，把动听的钢琴声完全淹没在水花的声音里了。德克斯特用胳膊撑起身子，发现船舵前面正站着一个人，两只黑色的眼睛隔水打量了他片刻，然后船就开远了，只留下湖中央那巨大的、漫无目的地一圈一圈向外扩散开的水波。奇怪的是，其中的一层水圈突然折出一个角度，然后笔直地朝着浮码头的方向又冲了过来。

“谁在那儿？”她问道，把她的摩托艇熄了火。现在她离得如此之近，德克斯特看清了她穿着泳装，显然是粉色的连体泳衣。

船头撞到了浮码头一侧，后者猛地倾斜了一下，导致他朝着她的方向倒将过去。他们都认出了对方，不过，他们的心思却各有不同。

“你不是今天下午跟他们一块打高尔夫的人吗？”她问道。

他的确是的。

“那你知道怎么开摩托艇吗？如果你会开的话，我想让你开着它，这样我就能在摩托艇后面玩帆板了。哦对了，我的名字是朱迪·琼斯。”她赏了他一个莫名的傻傻的笑，或者说，她想要给他一个傻傻的笑，因为她似乎是扭动了一下嘴唇，但并不是古怪的，实际上是很美的样子——“我住在那边岛上的一栋房子里，那儿正有一个男人在等着我。他开车刚到我就开着船跑出来了，因为他跟我说，我是他的意中人。”

鱼跃水面，星光闪闪，围绕湖边的灯光依旧忽明忽暗。德克斯特坐在朱迪·琼斯旁边，她向他解释船怎么开。然后她跳到水里，灵巧如水蛇般游到了浮板的旁边。看她在水中游，就好像看着风中摇曳的树枝或是天空里翱翔的海鸥那样，令人赏心悦目。她那晒成了灰胡桃色的双臂，在暗银色的水波中时隐时现地划动着，只见她肘部先露出水面，然后身边的手臂有节奏地向后拨水，又伸向前方，向下落入水中，在水中劈开了一条水道。

他们进入湖中，德克斯特一转头，看到她正跪在向上倾斜的浮板的后侧。

“再开快点，”她喊道，“开到最大马力。”

他顺从地把加速杆推到最大，白色的浪花飞溅到船头上。他又回头看了一眼，姑娘这会儿已经站在了冲浪板上，双臂张开，她的眼睛正望向月亮。

“简直是太冷啦，”她喊道，“你叫什么名字？”

他告诉了她。

“要不你明天晚上来我家吃晚餐，如何？”

他的心跳得仿佛船上的飞轮一样快，这是他人生中的第二次，因为她的一时兴起，而改变了他的人生的方向。

3

第二天傍晚，当德克斯特在楼下等她的时候，在和煦的夏日暖阳中，他恍然间觉得这间屋子和它的阳台上，站满了爱慕朱迪·琼斯的男人。这些人正是他在刚上大学时认识的那种从很好的预科学校毕业、衣冠楚楚、肤色被度假阳光晒得非常健康的男人。他虽然能从某个角度认识到，自己其实比他们都要优秀，因为他更有朝气，也更加强大，但是他又不得不从内心里承认，他希望以后自己的孩子能更像他们这样，这就等于承认了他不过仍然是个粗犷的强人，而他们则已经是脱胎换骨的人上人了。

在他发达以后，他就开始穿高级手工定制的衣服了，全美国最好的裁缝他都认识，而今天他穿的正是这样的出自顶级裁缝之手的套装。他从母校所崇尚的严谨审慎中受益匪浅，这与其他学校迥然不同。他认识到这样的言行举止的价值并着意培养自己付诸实践。他也明白，随意的穿着打扮其实比谨慎穿衣需要更多的自信。但是潇洒随性只能属于他的孩子了。他的母亲本姓克里姆斯里奇，属于波希米亚人中的农民阶层。她一辈子也没学会两句英语。她的儿子想要摆脱这一切，谈何容易。

七点稍过，朱迪·琼斯下了楼。她穿着一身蓝色丝质的便宴服，这让他有点儿失落，他以为她会装扮得更精致些。他们简短地问候之后，他的失落进一步增加了，因为她去到管家的储藏室，向里叫道：“玛莎，可以开始晚餐了。”他本以为会有管家来宣布晚宴的开始，或者至少有鸡尾酒的招待环节。不过，当他们并排紧挨着坐在沙发上，注视着对方时，他的这些想法也就抛诸脑后了。

“我的父母都不在这儿。”她若有所思地说。

他还记得此前见她父亲那次的情形，所以，他很高兴今天晚上他们不在这儿。而且他们可能根本不记得他是谁了。他在基波出生，那是离这里大概五十英里远的明尼苏达北部的一个小村子，他总是认为基波是他的家乡，而不是黑熊村。基波这样的小镇，要不是因为交通不够便利，很难做湖滨游客们的歇脚地，本来也算是一个不错的出身背景。

他们聊到他的大学，她在过去的两年也曾去过多次，后来又聊到雪莉岛的游客大多是从哪些邻近城市来的；最后德克斯特还谈到了他红火的洗衣店生意，并说自己明天得回店照顾生意了。

晚饭期间，她有些情绪低落，这让德克斯特一直有些惴惴不安。她沙哑的嗓音和急躁的话语都让他有些担心。无论她对着什么微笑——对着他、对着盘中的鸡肝，抑或对着某个空无一物之处，都无法让人感觉其中的快乐，甚至连消遣的逗乐也没有，这让他如坐针毡，非常不自在。当她猩红色的嘴角向下一弯，与其说是微笑，倒不如说是在期待一个吻。

于是在晚餐结束后，她带他来到外面已经很暗的阳台上，有意变化了一下氛围。

“我今天晚上有些难过，你不怪我吧？”她说。

“我怕我让你觉得无聊厌烦了。”他很快地回答道。

“你没有。我挺喜欢你的。不过，我今天下午过得太糟了。有一个我挺中意的男人，今天下午他突然告诉我他是个一贫如洗的穷光蛋。简直是晴天霹雳。他之前一丝一毫都没有提到过这些。听起来是不是也太过分了？”

“可能他只是害怕告诉你。”

“就算他是这样，”她回答说，“他一开始就不应该这样做。你看，如果我知道他这么穷——其实，我以前也喜欢过不少穷小子，而且还认真地打算嫁给他们的。但是这一次，我根本没有想到他是这样的情况，而且我对他的喜欢程度也还不足以让我承受这个突如其来的打击。这就好像一个女孩子突然很冷静地告诉她的未婚夫说自己是寡妇一样。他可能也不反对寡妇，可是就——”

“啊，咱们开门见山吧，”她突然话锋一转，“你是一个什么样的人呢？”

德克斯特一下有点愣住了。

“我不是什么大人物，”他大声说，“我的事业也才刚刚起步。”

“你也很穷吗？”

“不，”他坦然地回答说，“在整个西北地区，也许我比任何我这个年纪的男人赚的钱都要多。我知道这么说可能让人讨厌，不过你刚才说希望我以实相告，我也就不隐瞒了。”

短暂的沉默之后，只见她微笑起来，嘴角依旧是向下一弯，然后她几乎让人难以察觉地倾身一转，便靠近他身前，抬头看着他的眼睛。德克斯特的心瞬间提到了嗓子眼，面对着从他俩唇间迸发的某些元素所可能神秘合成的难以预测的化合物，他屏住了呼吸，等待着实验的结果。然后他见证了——她向他表达着她那挑逗的情欲，丰富的、深度的，这样的热吻与承诺毫无关系，它们是对欲望的填充。它们所唤起的，并不是他的饥渴，因为饥渴源于对新事物的需求，相反，这些吻让他有一种沉溺于过度放纵之中甚而有点恶心的感觉，可是这种过度放纵又在使他渴望着更多的过度与沉溺其间……这些吻仿佛是一种施舍，倾囊相授往往换来的是予取予求。

没用几个小时，他便明白了，原来他还是个骄傲的、充满愿望的小男孩时，他就已经爱上了朱迪·琼斯。

4

他们就这样开始交往了。随着恋情的展开，其间不少的跌宕起伏，并且这样的基调一直保持到收场。面对他此前从未遇到的这样口无遮拦、任性妄为的人，德克斯特对此委屈迁就。不论朱迪想要什么，她都会通过施展魅力，极力追求。她并不讲究手法，也不会使用诈术或预谋，无论跟谁的风流韵事，她都很少动用脑力，总是冲动而行。她对哪个男性感兴趣，就会最大限度上让他们感知到自己的曼妙姿态、可爱身形。德克斯特并不想要改变她。在他看来，她那激情澎湃的能量足以弥补她的这些缺陷，让缺陷得以升华或者至少合理化了。

在他们约会的第一天夜晚，当朱迪的头枕在他的肩膀上时，她轻声说："我也不知道自己是怎么回事。昨天晚上我觉得我还爱着另一个男人，今天晚上我就爱上了你。"在他听来，这是如此美好和浪漫的一句话。为了这句精致而让他心潮澎湃的话，他好不容易按捺住心绪。但是一周之后，他开始不得不从另一个角度重新来审视这句话了。她开着敞篷车带他去一个野餐聚会，但晚餐后她却消失了，她的敞篷车也不见了，她载着另一个男人开走了。德克斯特恼怒至极，要不是因为很多人在场，他差一点儿就失态了。当她向他发誓说没有亲过另一个男人，德克斯特知道她在说谎，可是他至少还觉得值得高兴，因为她还为了他而说了谎，说明她不是完全不在乎他。

在夏天即将结束的时候，他发现自己只是她正在交往的十几个人中的一个。他们每个人都一度以为自己是比其他人更受她青睐的那一位，并且仍有大约一半的人沉醉于她时不时的温情所带来的宽慰之中。一旦有人表现出由于被长期忽视而想要离开这段关系的征兆，她会奖励他一时半刻的甜蜜，于是他就会再多坚持一年半载。朱迪把这些追求者们活活变成一个个绝望的败军之将，倒并非出于什么恶意，事实上她至少在相当程度上对自己的所作所为是不清醒的。

通常来说，一有新欢出现，旧爱们都纷纷出局，约会也就自动取消了。

最让人感到绝望的是，对此做任何的努力或控制都是无用的，这件事完全只取决于她自己的心意而已。她根本不是那种在运动或竞赛的意义上可以被“赢得”的姑娘，她对聪明和才华无动于衷，她对魅力无动于衷；如果有人用这些来发起猛烈攻势，她的解决方式是直接诉诸身体，跟对方上床，这样一来，在她无与伦比的身体魅力之下，对方无论如何强大或有吸引力，最终也只能在她而不是他们自己的局中游戏周旋了。只有当她的欲望得到满足，或者她的魅力得到十足的展演，她才会觉得有乐趣。或许是因为年纪轻轻就谈了太多场恋爱，遇到了各种各样的情人，像是出于自我防卫，她的内在变得越来越封闭起来。

德克斯特初次的喜悦之后，便是接踵而来的焦躁不安和心生不满。在她这里彻底迷失掉他自己的那种绝望的狂喜，并不是一种滋养，而更像是精神的鸦片。所幸由于他在冬日的工作繁忙，并没有太多时间体验那些狂喜的时刻。在他俩刚开始交往的那段时期，似乎彼此之间有一种深刻而自动发生的相互吸引——比如在第一个八月来临的时候——连续三天，他们都是在她家那光线昏暗的游廊上度过漫漫长夜，从黄昏来临之时，在光影斑驳的凉亭或是花园藤架的围栏后面，奇异绵软的拥吻便无法停歇下来。到了早上，她又变得焕然一新了，在晨光之中见到他的时候，她竟然是腼腆而娇羞的。这简直就是一场订婚才会带来的喜悦，而当他意识到自己并没有订婚的时候，他的快乐又加倍了。在那三天他第一次向她求婚了。而她则回答说："也许将来的某一天吧。"她说着"吻我"，她说着"我想嫁给你"，她说着"我爱你"，她说着这些，又似乎什么都没说。

三天的约会，最终因一位从纽约来她家的访客的到来而告终。这位访客将在她家住到九月中旬。但随即访客和朱迪的谣言又令德克斯特痛苦万分。那位访客是一家大型信托公司董事长的儿子。不过据报道，到九月底的时候，朱迪已经对他厌倦了。在某晚的舞会上，她跟一个当地的公子哥在摩托艇上玩了一整晚，告诉他她已经对这位纽约来的客人感到厌烦了。两天之后，那位纽约访客离开了。她去车站送他，据说他看上去相当悲切而凄惨的样子。

夏天就这样子结束了。德克斯特已经二十四岁了，他发现自己在生活和事业中越来越得心应手。他加入了城里的两家俱乐部，并在其中一家长待下来。虽然他并非像那几家俱乐部里的单身汉一样喜好猎艳，不过只要有朱迪·琼斯可能参加的舞会，他总是想方设法地参加。他其实在社交方面游刃有余，毕竟他是个有着大好前途的青年人，当地的父亲们对他也是青眼有加。他对朱迪·琼斯的一往情深，也是他的正面形象的加分项。但他并没有在社交场合一展身手的欲望，也对那些热衷舞场的风流男青年们从心底是鄙视的。那些人整天不务正业地混迹舞池，晚宴上还总是喜欢凑到已婚少妇的面前。当时他已经有了前往东部、去纽约发展的想法。他想要朱迪·琼斯跟他一起去。正像在他看来她所成长的这个环境对他们的关系发展是无望的一样，让他放弃对朱迪·琼斯的无限渴求也同样是无望的。

请记住这一点，因为只有从这个角度，他对她所做的事情才是能够被理解的。

在他这次与朱迪·琼斯重逢的十八个月后，他跟另外一个女孩订婚了。她的名字叫艾琳·舍尔，而她的父亲则是一向看好德克斯特的其中一位。艾琳是一个浅色头发的女孩，长相甜美，品行端正，稍稍有一点丰满，在德克斯特向她求婚时，她那时还有两位追求者，但她非常高兴地接受了德克斯特的求婚。

夏，秋，冬，春，又一个夏天，又一个秋天——他已经为了朱迪·琼斯那诱惑的红唇而付出了太多青春岁月。她待他时而热情挑逗，时而鼓舞诱惑，时而恶意玩弄，时而冷眼相对，时而轻蔑不屑。她用无数细微的轻慢和侮辱打击着他，就仿佛是对当年曾喜欢过他的一种报复一样。她对他是招之即来挥之即去，令他内心苦涩，双眉不展。她让他的精神在大喜大悲之间如坐过山车一样。她给他带来了无尽的烦恼。她故意激怒他，践踏他，利用他的殷勤，消耗他的工作热情，她做这些也只是出于自己觉得有趣而已。她对他做尽了几乎一切，但她从没有批评过他。她从来没有这样做的原因，在他看来，是因为这样一来就与她对他所展现的那种漠不关心的姿态相抵触了。

秋去秋来，他终于承认，朱迪·琼斯不属于他。他不想在头脑中承认这一点，但最终他还是让步了。他为此整夜无眠，一个人在头脑中激辩。他告诉自己她为自己所带来的烦恼与痛苦，他列举每一条她不适合做妻子的明显的缺点。然后他对自己说，他爱她，然后过了一会儿他睡着了。整整一周，他拼命工作直到深夜，有时还在半夜写未来几年的工作计划，就是为了防止他自己去想象她从电话里传来那沙哑的嗓音，或是她在午餐时盯着他的那双眼睛。

在一周疯狂工作结束之后，他去参加了一个舞会，碰巧遇到了她。这也是从他们相识以来，头一次，他没有邀请她出去跟他坐一会儿，或者告诉她她是多么可爱。不过她根本也没表现出对这些的什么想念，这让他感觉受伤，但也仅此而已。再看到今晚又有新的男士出现的时候，他也不感到嫉妒了。他很久之前就已经对嫉妒脱敏了。

他在舞会待到比较晚的时候。他与艾琳·舍尔坐了大概一个小时，谈了书籍还有音乐。他对两者都所知甚少。但他觉得既然现在已经能够掌控自己的时间了，他因此有了相当自负的想法，认为如此少年有成的德克斯特·格林理应了解更多这类知识。

一转眼到了十月份，他已经二十五岁了。在一月的时候，德克斯特和艾琳订婚了。他们打算六月宣布，然后三个月之后结婚。

明尼苏达的冬天漫长得似乎没有尽头，一直到了五月份，风终于开始变得柔和，雪终于开始融化流进了黑熊湖。在这一年中，德克斯特终于第一次体会到了空灵宁静的妙处。朱迪·琼斯一直在佛罗里达，之后又去了温泉镇，她在某个地方订了婚，又在另外一个地方取消了婚约。最初当德克斯特彻底放弃了她的时候，每当人们还把他们连在一起，并且有时候向他询问她的消息时，他还是会有些悲伤，但当他开始在晚宴上与艾琳·舍尔坐在一起的时候，人们就不再向他询问，而是开始告诉他有关于她的事情了。他不再是掌握她动向的权威人士了。

终于到了五月。当夜幕降临，空气潮湿得好像能滴下水来，德克斯特沿着街，边走边感慨，时光如梭，沧海桑田，昔日的快乐已一去不复返。去年今日，他的世界还在因朱迪而混乱不堪，她如此尖酸刻薄、不可原谅，可他又怎么能不原谅她呢？而就是在这样的时刻他还幻想也许她会在乎他。他的旧日一梦终究只可化为泡影。他知道，艾琳将不过是悬在他背后的一挂幕帘、端茶倒水的一只手、呼唤儿女的一个声音……激情的火焰与可爱的魅力已然不在，一同消逝的，还有夜的魅力和时间变幻中的奇妙……两片薄唇，下弯的嘴角，还有双唇相接四目相对的时刻……所有这一切，刻骨铭心，在他有生之年恐怕将是难以磨灭了。

五月中的一天，尚未入夏，乍暖还寒的天气，他在一天晚上登门拜访艾琳的家。他们的婚讯将在一周之内公布，没有人会对此感到意外。而今晚，他们一起坐在大学俱乐部的休息室中，整整一小时的时间，他们都在看着舞池里的人们。她人缘很好，名声也很大，这给了他一种踏实的感觉。

他逐级登上那栋高级别墅的台阶，径直地向里走去。

“艾琳。”他叫道。

舍尔夫人从起居室走出来迎接他。

“德克斯特，”她说，“艾琳今天有些头痛，她上楼躺着了。她本来想跟你去，我让她去睡了。”

“没什么关系，我——”

“哦，不。她明天早上会跟你去打高尔夫球的。你今天晚上就让她好好休息一下吧，可以吗，德克斯特？”

她的笑容和蔼可亲。她跟德克斯特对彼此都印象不错。在他离开前，他们又在卧室里聊了一会儿天。

回到大学俱乐部后，在去他的房间之前，他在门廊站了一会儿，看着舞池里的人们。他斜倚着门柱，跟一两个经过的熟人点头招呼，困得哈欠连连。

“你好啊，亲爱的。”

耳畔的这个熟悉的声音让他吃了一惊。他看到朱迪·琼斯正撇下一个男人，穿过屋子径直地向他走来——朱迪·琼斯，像一个精致而纤细的洋娃娃，着一身金色：金色的发带，裙摆下露出一双金色的鞋尖。她的肌肤吹弹可破，她冲他一笑，仿佛花朵绽放一般。一股风一样的温暖轻柔流过整间屋子。他放在晚礼服口袋里的手猛然地攥紧了。他对这突如其来的相遇感到兴奋。

“你什么时候回来的？”他故作轻松地问道。

“到这边来，我告诉你。”

她转身就走，他跟上了她。她本已从他生活中远离——其实他有很好的理由对她的归来哭上一场的。她穿过让人迷离的街道，一举一动仿佛一曲挑逗人神经的乐章。这神奇的相遇，让那些曾随她消失的新鲜而活跃的希望，又与她一同归来。

她到了门口，转过身问：

“你来这儿开车了吗？你要没有，我开了。”

“我开了辆轿车。”

随后，她上了他的车，金色的裙摆窸窣作响。他关上车门。她曾经上过多少不同的车啊，就像这样的，或者那样的，各种各样车子，她把背靠在皮革上，手肘则搭在车门上——等着开车。这样的姿态，显示着她对所有对她的玷污都不加抗拒地顺应，除了她自己。但这的确是她自己的本性流露。

他努力让自己镇静下来，启动车子，朝大路驶去。他让自己记住，所有这些都不会怎么样。她以前这样的事做得不少，而他已经把她放下了，就好像把一笔坏账从他的账本上划掉了那样。

他开着车慢慢在城里转着，整个人有些心不在焉，车子穿过商业区废弃的街道，一场电影散场，正走出三三两两的人，台球城前面有些无精打采的或是好斗的年轻人在闲逛。酒吧里则传出一阵阵玻璃撞击的声音、手掌拍击吧台的声音，透过玻璃窗模糊地看到昏黄的灯光。

她紧紧盯着他，沉默的气氛让人有些尴尬。不过在这种危机之中，他却找不到什么玩笑话来打发时间。在一个路口，他转弯折返回大学俱乐部。

“你有想念过我吗？”她突然问。

“没有人会不想念你的。”

他在想她是否已经知道了艾琳·舍尔的事情。她仅仅回来了一天而已——她的缺席跟他的订婚整个时间上基本是重合的。

“你可真会说话！”朱迪苦笑了一下，虽然也没什么哀伤。她的眼光向他逼近，而他则死死盯着方向盘。

“你比之前更帅了，”她若有所思地说道，“德克斯特，你的眼睛特别让人难忘。”

这句话让他有点想笑，但他没有。这是一句适合对大二的学生说的话，然而还是让他心中一动。

“我对一切都觉得厌倦了，亲爱的，”她对每个人都叫亲爱的，这让他们之间有一种随意而个人化的亲昵感，“我真希望你能娶我啊。”

她的直截了当让他困惑。他本来可以接着告诉她，他已经要打算娶另一个女孩了，可是他没有告诉她。他也同样可以发誓说绝不会再爱她的。

“我觉得我们俩很合适，”她继续说，用同样的声调，“除非你可能已经忘了我，然后爱上了另一个女孩。”

她明显是太过于自信了。她说她觉得他移情别恋这样的事是很难让人相信的，如果这是真的那么也不过是他孩子气的轻率之举，而且可能还带着某种炫耀。她可以原谅他，因为在她看来这也不是什么大事，不过是小题大做，过去了也不值得追究。

“你当然不可能爱上除了我之外的其他人，”她继续说，“我喜欢你爱我的方式。哦，德克斯特，难道你忘了去年了吗？”

“不，我当然没有忘记。”

“我也没有！”

她是真被打动了，还是她只是被她自己的表演打动了呢？

"我真希望我们能回到那时。"她说。

他强迫自己回答她说："我觉得我们不能。"

"我觉得也是……我听说你在对艾琳·舍尔穷追不舍呢。"

她提到艾琳这个名字没有丝毫地加重语气，但他却突然感到羞愧难当。

"哦，带我回家吧，"朱迪突然哭了起来，"我不想回到那个愚蠢的舞池了，跟那些幼稚的人。"

然后，在车子向居民区转弯的那条路上，朱迪开始无声地哭泣。他还从来没有见过她哭。

漆黑的街道亮了起来，富人的豪宅以压迫性的姿态耸立和聚拢在他们四周。他把车停在了莫提摩尔·琼斯先生家宏伟的白色建筑外面。在倾泻如水的月光之下，这栋建筑静谧而壮丽。它的坚固震撼了他。那坚实的外墙，钢铁的横梁，它整体的雄浑、夺目、壮丽，仿佛只是为了跟他身旁这位年轻的美人形成对比，在强固的映衬之下，她的纤细和娇弱越发凸显，就如同一只蝴蝶，翅膀只能扇起一点小风一样。

他安静地坐着，内心却在嘶吼，他生怕他一动，就无法抑制地将她揽入怀中。两滴眼泪从她的脸庞滚落，挂在她的上唇，颤抖着。

"我比其他人都要好看，"她哽咽地说，"为什么我无法得到幸福？"她的泪眼婆娑，让他心如乱麻——她的嘴慢慢下弯，就连这哀伤的神情也如此精致而典雅："如果你愿意娶我，德克斯特，我会嫁给你。我觉得你会认为我配不上你，可是我一定会为你变得更好，德克斯特。”

无数的愤怒、骄傲、激情、怨恨、温存一齐涌到他的嘴边。一股情感的巨浪席卷了他，把他沉淀的那一点智慧、原则、怀疑和自尊全然冲刷干净了。这个女孩是要属于他的，他会拥有她，她会是他的美人，她会是他的骄傲。

“不进屋坐一会儿吗？”他听到她变得急促的呼吸。

他迟疑了片刻。

“好吧，”他的声音颤抖地说，“我进来。”

5

说起来也奇怪，无论是在他们再次不长的交往结束，还是许久之后回忆起当时，他从未对那一夜感到后悔。朱迪对他的激情之火仅仅维持了一个月的时间，这即便到十年后再审视，也并不是那么重要。实际上，由于他对朱迪的迁就，让他自己最终承受了更大的痛苦，这事也不那么重要，甚至于说这件事严重伤害了艾琳·舍尔和她的父母，他们曾经非常信赖和友善地对待他，这些也都没有那么重要。艾琳的伤心和痛苦没有太多地印刻在他的脑海中。

德克斯特从骨子里算是个铁石心肠的人。城里的人对他的看法他并不在意，不是因为他将要离开这座城市，而是因为任何外部的意见对于当事人而言都不过是雾里看花。他对于流俗的意见全无所谓。当他发现他其实做什么都无济于事，他并不具有任何能从根本上打动或留住朱迪的能力，他也并未对她有丝毫的怨言。他爱她，并且只要还有一口气，他会爱她到天荒地老。然而，他无法拥有她。因此他品尝到了唯有对强悍的心而准备的至深的痛苦，恰如他曾浅尝过的至深的幸福一样。

哪怕是朱迪借以终止婚约的谎言，她说自己不想因此从德克斯特身边“抢走”艾琳，而那就是她曾经一心要干的事情，也没有让他反感。他已经无所谓悲喜的滋味了。

他在二月份去了东部，打算卖掉他的洗衣店，在纽约定居。不过，在三月份的时候，美国卷入了战争，也改变了他的计划。他回到了西部，把生意交给他的合伙人打理，自己在四月底去了第一期军官训练营。与成千上万的年轻人一样，参军打仗让他无暇自顾，于是得以暂时从情感的旋涡中解脱出来。

6

读者们请注意，这个故事并不是有关于他的自传，虽然讲述之间还是混入了一些与他年少时的梦无甚关系的事情。我们差不多已经把他和那些事情讲完了。唯有一件与我们的主题相关的事情值得再说几句，这件事发生在大概七年前了。

当时是在纽约，他在那里也发展得很好——几乎可以说是风生水起，所向披靡。他已经三十二岁了，除了战争刚结束时的一次旅行外，他已经七年没有回过西部了。有一天，一个从底特律来的名叫德弗林的人在生意途中到访他的办公室，于是有了这段插曲，或者说，让他生命中特别的那一面以某种方式走向了一个结局。

“所以你的家乡是在中西部啊，”德弗林似是无心地八卦着，“这倒挺有意思，我还以为像你这样的人是出生和长在华尔街的呢。你知道吗？我在底特律的一个最好的朋友，他的老婆是你那个城市出来的。我当时还在他们婚礼上做过迎宾员呢。”

德克斯特不知道他要说什么，也没有搭话。

“朱迪·西姆斯，”德弗林随意地说道，“以前叫朱迪·琼斯。”

“是啊，我认识她。”德克斯特有些不耐烦。他当然听说过她已经结婚了，或许他有意不想打听她更多了。

“这女孩真是不错啊，”德弗林有些黯然和忧虑地说，“我挺为她惋惜的。”

“为什么？”德克斯特突然有些绷紧，想要知道更多。

“哦，路德·西姆斯，他简直已经是要疯了。我不是说他虐待她啊，他到处喝酒，在外厮混，还到处勾搭别的女人。”

“她没有在外厮混吗？”

“没有啊，她在家带孩子。”

“哦。”

“对他来说，她有点儿显老了。”德弗林说。

“显老！”德克斯特忍不住叫道，“不是吧，老兄，她才二十七岁啊。”

他突然产生了一种狂野的想法，想要马上冲到街上，搭一班火车去底特律。他不由自主地站了起来。

“我估计你很忙啊，”德弗林很快就道歉说，“我刚才没意识到——”

“没有，我不忙，”德克斯特说，稳住了自己的声音，“我完全不忙。不忙。你刚才说她是二十七岁了？哦，哦，不，是我说她二十七岁了。”

“是的，你说的。”德弗林机械地附和道。

“嗯嗯，你接着说，接着说。”

“你的意思是？”

“关于朱迪·琼斯。”

德弗林无奈地望着他。

“啊，就是——我跟你说的差不多就是全部了。他对她简直像个恶魔。哦，但他们不会离婚。她丈夫做得特别过分的时候，她最后都原谅了他。其实，我真觉得她对她丈夫是真爱。她刚来底特律的时候，还是个挺漂亮的姑娘。”

挺漂亮的姑娘！德克斯特觉得这句话简直不可理喻。

“她现在难道——不是个漂亮的姑娘了吗？”

“哦，现在也还可以吧。”

“你瞧，”德克斯特猛然坐下了，“我不明白。你说她曾经是个‘漂亮姑娘’，而现在你说‘也还可以’。我不明白你的意思——朱迪·琼斯根本不只是个‘漂亮姑娘’，她是个绝色美人。因为我认识她的，我认识她。她曾经……”

德弗林笑了起来。

“我不是要来跟你吵架的，”他说，“我觉得朱迪是个很不错的女孩，我也喜欢她。我也不知道为什么像路德·西姆斯这样的男人会疯狂地爱上她，不过他的确是这样的。”然后，他想了想又说：“大多数的女人都像她一样。”

德克斯特紧紧盯着德弗林，脑子里疯狂地在思考一个理由，他为何要这样说，究竟是他太不敏感还是有什么私怨在其中。

“很多女人都是一结婚就成黄脸婆了，”德弗林打了个响指，“你肯定见过这样的事啊。可能我真的都忘了她当年在婚礼上是多漂亮了。我后来见她的次数太多了，你也知道，她的眼睛倒是很漂亮的。”

德克斯特觉得一阵昏沉。他人生中头一次觉得像是喝醉了一样。他还知道自己听到德弗林讲了句什么惹得自己哈哈大笑，但他不知道他讲的是什么，也不明白有什么好笑的。德弗林离开的几分钟之后，他躺倒在他的沙发上，看着窗外纽约的天际线，夕阳在粉色金色交织的晚霞中正慢慢沉落。

他曾以为，自己已经失无可失，故而也再没有什么能令他受伤的了。然而他知道，他又失去了一些什么，就仿佛他娶了朱迪·琼斯，然后目睹她一天天人老珠黄。

梦一去不复返。他的内心也变得空落落的。他有些慌乱地用手掌蒙住双眼，试图把一幕幕带回到眼前：哪拍打着雪莉岛的湖面碧波，沐浴在月光里的露台，高尔夫球场的条纹布伞，似火的骄阳，她脖颈上的绒毛在日光中的那一抹柔软的金色。还有吻着他的她那娇艳欲滴的双唇，总是忧郁绵绵的她的哀伤的双眸，还有她像朝阳中的植物般的清新活力。可是，这一切已不再存在于这个世界！它们曾如此真切地存在，又已经逝去无返了。

这么多年来，第一次，他泪如泉涌。而这些眼泪，现在只是为他自己流罢了。他所在意的，不是嘴唇，不是眼睛，也不是双手，他想在意的，他已经无法再去在意了。因为他早已远离，无路可回头。大门已经关闭，夕阳已然落下，伊人已难再寻，唯有那灰色的钢铁建筑矗立于时间的深处。即便他此刻的悲痛，亦将被时间所带走，埋在那片他的冬日之梦发芽的地方，那是幻想的乡野，青春的乡野，丰美生活的乡野。

“很久以前，”他说，“很久以前，我还有一些要去追寻的。然而现在，它已不在了。它不在了，不在了。我无法为之哭泣。我无法不为之放手。无论怎样，那些都不会再回来了。”

The Baby Party

宝贝聚会

1

每当约翰·安德洛斯感慨自己青春不再的时候，只要想到他的孩子在延续着自己的生命，就能感到一种实实在在的慰藉。每当电话那头传来孩子啪嗒啪嗒的脚步声，或是听到她咿咿呀呀的童言乱语，他内心里因为自己尚未出人头地而喑哑的号角声也变得不那么刺耳了。他现在已经习惯了每天下午三点接到妻子打来办公室的电话，这成了他每天最期待的时刻。

他其实年龄并不算特别大，但他的生活一直有些动荡和挣扎，到如今三十八岁的他也算实现了衣食无忧，并且身体也还健康，他大体知足常乐、小富即安。即便对小女儿，他也所望不多。有了女儿之后，他跟妻子的夫妻生活受到了很大影响，为了妻子，他们搬到了郊区居住。为此他们不得不拿出很多精力应付郊区雇用仆人的麻烦，他每天需要搭乘通勤火车早出晚归地奔波。

正是小艾德的稚气童真让他爱不释手。他喜欢把她抱在膝盖上，仔细闻着她身上的芳香，抚摸着毛茸茸的小脑袋，看着她如晨间天空一般的湛蓝眼睛。如此这般抚爱一番，他才舍得将女儿交给保姆带走。不过用不了十分钟，小家伙的超强活力又该让他火冒三丈了。每当东西被打坏，他控制不住自己的脾气。一个星期日的下午，她在他玩桥牌的时候把一张黑桃A藏得到处都找不着，这让他大为光火，以至于最后妻子都被搞到眼泪汪汪的地步。

其实他这样的脾气很是荒唐，事后他自己也常常后悔不已。但这样的事情还是无可避免地会发生，而小艾德也不可能总是在楼上的婴儿室里度过她在家里的时间，正像她的妈妈所说的，小艾德正在一天天长成为一个“小大人”。

她现在已经两岁半了。有天下午，她要去参加一个宝贝聚会。她的妈妈伊迪斯，给约翰的办公室打电话，告知他聚会的消息，然后约翰的左耳朵猝不及防地被小艾德在电话那头轰炸道：“我交（要）去居（聚）会！”

“你回家路上直接来玛吉家好吗，亲爱的？”艾德的妈妈又重复了一遍，“应该会很有趣的。艾德会穿着她新买的粉红小裙子漂亮登场。”

伴随着一声高声尖叫，通话突然中断了，说明电话线又被从地下暴力拔起来了。约翰笑了起来，决定今天乘坐早一班的火车回家；去别人家参加一场宝贝聚会让他觉得很有兴趣。

“孩子们肯定会搞得乱成一锅粥的！”他想着就觉得好笑，“一堆妈妈，每个人的眼睛都盯着自家的宝贝。所有的孩子都会摔打东西，乱抓蛋糕，然后每个妈妈回家的时候都在想着自己的宝贝比其他孩子优秀的表现。”

他今天心情特别好，他觉得生活中的一切都变得比以前好了很多。当他从火车站出来，拒绝了一个纠缠不休的出租车司机，在十二月清冷的暮光中，他开始沿着长长的山路向家走去。大概才六点钟，天空就已经挂出了一轮月亮，它的熠熠清辉倾泻而下，洒在像薄糖霜一般的路旁积雪上。

他一边走，一边幸福地让冷空气充满他的肺部，而关于宝贝聚会的想法也越来越让他兴奋。他开始在脑海里将艾德跟她同年龄的其他孩子比较着，琢磨着她穿的那条粉色小裙子是不是看起来时髦又成熟。看到自家的大门他加快了脚步，屋里那棵圣诞树的灯光从窗户里透了出来。不过他继续向前走，因为聚会是在隔壁的玛吉家。

当他登上砖阶，按响门铃，他意识到里面有声音，他很高兴自己没有迟到。然后他抬起头又听，发现声音并非孩子的，非常吵而且调门很高，怒气冲冲；至少有三个人的声音，并且其中一个人发出某种歇斯底里的呜咽的哭泣声，他立刻认出那是他太太的声音。

“肯定出什么事了。”他很快反应过来。

他推了推门，发现并没有锁，于是他直接推开了门。

2

宝贝聚会大概是四点半开始的，但是伊迪斯·安德洛斯，精明地打算五点钟再跟艾德到达现场，这样小艾德的新裙装在一堆已经弄得皱巴巴的衣服中间，就会显得格外出彩。当她们到玛吉家的时候，已经是一片欢腾、热闹不已。四个女孩和九个男孩，个个都是小卷毛，被他们满心骄傲又相互嫉妒的妈妈们洗得香喷喷的，穿戴得整整齐齐，正跟着留声机里的音乐跳舞。从来不会有超过两个或三个孩子同时跳舞，因为他们总会不断跑向妈妈，寻求鼓励，然后再回去继续跳。这种场合总会是这样的。

当伊迪斯跟她的女儿到达的时候，大人们对小艾德发出的一阵“真是可爱”的交口称赞盖过了留声机的音乐声。小艾德刚开始还有点害羞，小手捏着她粉色的裙边。她没有被亲吻——因为现在已经是讲究卫生的时代了——但是一排的妈妈们每个都说着“好可爱”，然后拉拉她粉色的小手，再把她递给下一位妈妈。在受到了一些温柔的鼓励和引导之后，她开始融入跳舞的孩子们中间，并且变成了一个活跃分子。

伊迪斯靠着门站着，一边跟玛吉太太聊天，一边看着粉色小裙子的艾德。她其实并不在意玛吉太太；她觉得她既傲慢又普通，但是约翰和乔·玛吉的关系非常好，他们俩每天坐同一趟通勤列车上班，所以两个女人也保持着一种精致而虚伪的友好关系。她们总会抱怨对方“从来不主动来看我”，她们总是一块计划派对，并且总会说：“你们来跟我们一起吃晚餐嘛，然后咱们一块去剧院啊！”当然她们心知肚明这都是客套话，不必当真。

“小艾德看起来真是个完美的宝贝，”玛吉太太说，她的微笑和舔嘴唇的动作在伊迪斯看来特别不喜欢，“长得像个小大人了——我简直不敢相信！”

伊迪斯听着这话，却怀疑玛吉太太赞美“小艾德”其实是为了凸显她的儿子比利·玛吉，虽然年纪比艾德还小几个月，却已经比艾德重将近五磅了。她接过一杯茶，找了一张沙发长椅跟另外两位太太并排坐下，然后开启了下午的真正主题活动，当然就是谈论自家宝贝最近的成就和可爱之处。

一个小时很快就过去了。孩子们已经厌倦了跳舞，开始对更刺激的活动感兴趣了。他们开始冲进餐厅，围着大餐桌跑来跑去，尝试打开厨房的门，被从远处奔来的妈妈大军及时拦住了。刚把他们都领出来集合好，他们就又冲回到餐厅去，玩着熟悉的弹簧门了。有人开始说"太热了"，妈妈们拿着洁白的手帕不断擦拭自己宝贝额头上的汗珠。越来越多的妈妈努力让自己的孩子坐下来，但是孩子们在大人的膝盖上扭来扭去，大叫着"放我下去！放我下去！"，然后又冲进那个让他们心花怒放的餐厅去了。

直到下午茶端上来了——是一个插着两根蜡烛的大蛋糕，上面淋着香草味道的冰激凌。比利·玛吉是个红头发、有点罗圈腿的结实的孩子，他开心地笑着，吹灭了蜡烛，然后用大拇指试着在白霜上戳了戳。接着开始分发茶点，孩子们狼吞虎咽地吃了起来。不过场面一点都不混乱——他们整个下午都表现得非常好。他们是新时代的婴儿，每天吃东西和睡觉都很有规律，因此性情也很好，脸色是健康的粉红色——三十年前完全不可能想象到会有这样一个和平的宝贝聚会。

吃过茶点后，大家开始陆续地离开了。伊迪斯焦急地瞥了一眼她的手表，已经快六点了，可是约翰还没到。她想让他见到艾德跟其他孩子一起的时候——让他看看她有多么端庄、多么有礼貌，并且是多么聪明，她衣服上唯一的一点污迹还是有小朋友在她后面慢跑碰到了她，才从她下巴上掉下来的一点儿冰激凌。

“你真是个可爱的宝贝，”她低声对孩子说，猛地把她抱到膝盖上，“你知道你是个可爱的宝贝吗？你知道你是个可爱的宝贝吗？”

小艾德笑了起来。“汪汪。”她突然说。

“汪汪？”伊迪斯环顾四周，“这里没有汪汪。”

“汪汪，”艾德重复道，“我要汪汪。”

伊迪斯顺着艾德的小指头看过去。

“亲爱的，那不是汪汪，那是抱抱熊。”

“抱抱熊？”

“是的，那是抱抱熊，它是比利·玛吉的。你是不想玩比利·玛吉的抱抱熊的，对吗？”

但小艾德的确想要。

她从母亲身上挣脱下来，走近紧紧抱着自己玩具的比利·玛吉。艾德站在那里，用一双深邃的眼睛看着他，比利笑了起来。

成年人伊迪斯又看了看手表，这次她有些不耐烦了。

3

聚会上的人已经越来越少了，除了艾德和比利，只有两个孩子还在——其中一个仅仅是因为他把自己藏在了饭桌下不肯出来。约翰到现在还不来，真是够自私的。这说明他对自己的孩子一点儿都不骄傲。其他的父亲都来了，其中六个都是来找妻子，并且在这儿待了一会儿，照看孩子，然后才离开的。

突然从那边传来了一声哀号。只见艾德从比利的怀里通过暴力拉扯而抢到了抱抱熊，比利试图重新夺回他的抱抱熊，却被艾德顺势一推就倒在了地上。

“你在干什么呀，艾德！”她的母亲叫道，虽然是抑制了自己想笑的感觉。

乔·玛吉，一个35岁宽肩膀的英俊男人，抱起了他的儿子，让他站好。“你不错啊小伙子，”他高兴地说，“让一个女孩把你推倒了。小伙子，不错！”

“他撞到头了吗？”玛吉太太把最后离开的一位妈妈送出门后，就焦急地从门边赶过来了。

“不，”玛吉说道，“他撞到了其他东西，不是吗，比利？他撞到其他东西了。”

比利已经忘了刚才被推倒的事情了，他已经在试着夺回他的财产了。他抓住了抱抱熊的一条腿，那条腿从艾德紧紧抱住玩具的胳膊下面伸了出来，他紧紧地抓住、使劲地拉拽，但并没有成功。

“不给！”艾德坚决地说。

突然间，她被她刚才那个半意外的成功所鼓舞，于是，她放下抱抱熊，把手放在比利的肩膀上，把他往后推倒下去。

这一次，他落地的冲击可不再那么小了：他的头撞到了地毯没有盖到的光秃秃的地板上，发出了一种空洞的闷响；他屏住了一下呼吸，然后痛苦地尖声叫喊起来。

房间里立刻陷入了一片混乱。玛吉惊呼了一声连忙走了过来，但他的妻子已经第一个冲到受伤的宝贝身边，把他抱到自己的怀里。

“噢，比利，”她叫道，“摔得多严重啊！她真该打。”

伊迪斯本来立刻就冲到了女儿面前，听到这句话，她当即决定回击。

“你在干吗呀，艾德？”她敷衍地低声说，“你这个坏女孩！”艾德突然把她的小脑袋往后一仰，笑了起来。这笑的声音非常大，是带着胜利、挑战与蔑视的欢笑。不幸的是，这也是非常有感染力的笑声。于是，在她的妈妈还没完全意识到现下情况的时候，就不自觉地跟着女儿一起笑了起来，妈妈的这声笑是如此明显，与艾德刚刚的笑几乎是同频同调。

然后，她马上意识到并且猛地停了下来。

玛吉太太的脸因愤怒而变得通红，而玛吉先生边用手指摸着比利的后脑勺，边皱着眉头看着她。

“头已经肿了个包了，”他带着责备的口气说，“我去拿一些金缕梅喷剂来。”

但玛吉太太已经忍不住开始发脾气了。“我真看不出，一个孩子摔伤了有什么好笑的！”她用颤抖的声音说。

与此同时，小艾德好奇地看着她的母亲。她注意到自己的笑声引发了妈妈的笑声，她想知道同样的原因是不是总会产生同样的效果。所以她决定在这一刻，把头向后仰，然后又笑了起来。

对她的母亲来说，宝贝又一次的大笑彻底使她的防线崩溃了，她用力把手帕按在自己嘴上，依然不可抑制地跟着咯咯笑了起来。这倒并非是由于她的紧张，实际上，她觉得自己是在以一种奇怪的方式同自己的孩子在情感上同频共振——她们会一起笑起来。

当然，在某种程度上说，这也意味着一种蔑视——这是两个人在对抗整个世界。

当玛吉冲到楼上的洗手间去拿药水的时候，他的妻子正在摇动着怀里大喊大叫的儿子，她尽力地哄着他。

“请你们回家吧！”她突然说，“我家宝贝伤得很重，如果你连保持安静都做不到，你最好还是回家吧。”

“很好，”伊迪斯说，她自己的脾气也一下起来了，“我还从来没见过有人这么小题大做的——”

“给我出去！”玛吉太太要气疯了，她叫道，“门在那儿，你出去！我再也不想在我们家见到你。你和你家的熊孩子都一样！”

伊迪斯本来已经拉上女儿的手，迅速向门口走去了，但当听到玛吉太太这句话时，她停了下来，转过身来，一脸的愤怒。

“你怎么敢这么叫她！”

玛吉太太没有回答，继续走来走去，喃喃自语，用一种听不见的声音跟比利说话。

伊迪斯开始哭了起来。

“我会离开的！”她抽泣着说，“但我从来没在我的生活里听过有人这么粗鲁，庸……庸俗。我，很高兴你的孩子被推倒了——他只不过是个愚蠢的小……胖子。”

乔·玛吉走到楼梯，正好听到这句话。

“什么，安德洛斯太太，”他疾言厉色地说道，“你看不出孩子受伤了吗？你真应该控制一下自己。”

“控制我……我自己！”伊迪斯断断续续地叫道，“你最好叫她控制她自己。我这辈子就没见过这么粗俗没教养的人。”

“她在侮辱我！”玛吉太太气得脸色发青，“你听到她说的了吗，乔？我希望你能把她赶出去。如果她不出去，就架着她的肩膀把她拎出去！”

“你敢碰我一下！”伊迪斯叫道，“我一找到我的大衣就立刻走了！”

她双眼噙满泪水，正向大厅迈了一步。就在这时，门开了，约翰·安德洛斯焦急地走了进来。

“约翰！”伊迪斯一边哭，一边疯狂地向着他跑过去。

“怎么了这是？什么情况啊，这是怎么了？”

“他们——他们正在把我赶出去！”她号啕大哭，倒在他身上。“他正要架着我的肩膀把我赶出去。我找不到我的大衣外套了！”

“那不是真的啊，”玛吉连忙反对道，“没人要把你赶出去。”他转向约翰。“没人要把她赶出去，”他重复道，“她是——”

“你说的‘把她赶出去’是什么意思？”约翰突然打断他问道，“你们到底在说怎么一回事啊？”

“噢，我们走吧！”伊迪斯喊道，“我想走了。他们太没教养了，约翰！”

“嘿，听着！”玛吉的脸色沉下来了，“你说得也够多了。你这样有点儿疯狂了啊！”

“他们说艾德是没教养的孩子！”

那天下午，小艾德又一次不合时宜地爆发情绪。她听到了大人们的喊叫声，感到既困惑又害怕，大哭起来，她的眼泪似乎在说她感到自己受到侮辱。

“这是怎么回事？”约翰怒吼道，“你们怎么能在自己家里侮辱客人啊？”

“在我看来，正是你的妻子侮辱了我们！”玛吉干脆地答道，“事实上，是你家孩子惹的祸。”

约翰轻蔑地哼了一声。“你是在骂一个小孩子吗？”他说，“这可太像男子汉干的事情了！”

“别跟他说话，约翰，”伊迪斯坚持说，“帮我找一下外套！”

“你是有病吧？”约翰愤怒地接着说，“你难道必须要对一个无助的小孩子才能发泄你的脾气吗？”

“我这辈子都没听过这么拧巴的事，”玛吉喊道，“如果你老婆能闭上她的嘴，哪怕是一分钟——”

“等会儿！你不能当着一位女士和孩子这样讲话——”

这时突然来了一个插曲。伊迪斯一直在椅子那边乱摸着找她的外套，而玛吉太太则一直红着眼，愤怒地看着她。突然她把比利放在了沙发上，这反倒让他立刻停止了哭泣，自己坐直了起来，玛吉太太走到大厅这边，很快找到了伊迪斯的外套，一言不发地递给了她。然后她回到了沙发那边，抱起比利，继续把他搂在怀里哄着，然后继续红着眼，用她愤怒的眼神瞪着伊迪斯。这个插曲总共不到半分钟的时间。

“是你妻子来到这儿，然后开始大声嚷嚷说我们多么的庸俗和没教养的！”玛吉怒气冲冲地说，“行吧，既然我们这么粗俗没教养，你最好赶紧走！而且，你最好立刻马上就走！”

约翰又发出了一声轻蔑而短促的笑。

“你不仅是粗俗，”他回敬道，“你显然就是个可怕的恶棍——你就是在欺负无助的女人和孩子。”他摸着门把手，转开了门：“来，伊迪斯，咱们走。”

他的妻子抱着女儿先走到了外面，约翰仍然站在那里，轻蔑地看着玛吉，然后他转身跟上妻子。

“等一下！”玛吉向前迈了一步，他有点儿微微发抖，太阳穴附近的大静脉突然开始充血，“你觉得你现在能走吗？你觉得咱们这事就完了吗？”

约翰一言不发地走出门去，敞着门没关。

伊迪斯还在哭着，已经开始往家走去。约翰目送她走到自家门口，转过身，朝着有灯光的门口走去，在那边玛吉正慢慢地从湿滑的台阶上走下来，脱下了大衣和帽子，把它们扔到积雪的道路上。他先是在冰面上打滑了一下，然后站稳又向前走了一步。

在向对方打出第一拳的时候，他们两个都滑倒了，重重地摔在人行道上，还没等完全站起来，就又一次把对方弄倒在地。他们在旁边积雪较薄的地方找到一个站得更稳的立足点，然后继续扭打在一起，两人都摇摆得厉害，脚下的雪被他们踩成了糊状的泥巴。

街上空无一人，除了他俩短促而疲惫的喘息声，以及其中某个人滑进了烂泥浆里的一声闷响。在月光下，他们不出声地奋力搏斗和反击着，只能靠远处敞开的门里投射出的琥珀色灯光才能看清彼此。好几次他们一块滑倒了摔下去，然后过上一会儿，战斗又在草坪上疯狂继续。

就这样，在月光下面，他们毫无意义地战斗了十分钟、十五分钟、二十分钟。打了一会儿，好像是形成了默契一般，他俩停了下来，把外套和背心都脱掉了，因为他们的衬衫已经被撕成了背上一条条滴落着水的布条。两个人都伤痕累累、鲜血淋漓，筋疲力尽，只有互相扶一下才能勉强站住——这种状态下给任何一个人再来一拳，他俩立马都会人仰马翻。

然而，最终战斗结束并不是因为两人都筋疲力尽，这场战斗无法停下来恰恰是因为它毫无意义。真正让他们停下来是因为当他俩在地上互相用力扭打时，听到了沿着人行道有某个人的脚步声在接近。于是他俩就势滚进了阴影里面，当听到脚步声近了，他们停止了战斗，不再动弹，也不再喘息。就像两个玩印第安游戏的男孩一样，他俩蜷缩在一起，直到听那阵脚步声过去。然后，两个人摇摇晃晃地又站了起来，像两个醉汉一样地看着对方。

“再这么搞下去我真是要见鬼了。”玛吉粗声地喊道。

“再这么下去我也不行了，”约翰·安德洛斯说，“我真是够了。”

他俩又狐疑地互相看了一眼，好像怀疑对方是不是会再发动一轮突袭。玛吉嘴唇裂了口子，朝地上吐了口血；然后轻声咒骂了几句，拿起了他的外套和背心，用一种很夸张的方式抖掉了上面飘落的雪，那样子就仿佛在他的世界里，雪把衣服弄湿了是他现在唯一在意的一件事情。

“要进来冲个澡吗？”他突然问道。

“不，多谢，”约翰说，“我得回家了——老婆会担心的。”

他也拿起了外套和背心，然后是大衣和帽子。他已经全身湿透了，汗流浃背，这看起来太荒谬了，因为不到半个小时前，他还整整齐齐地穿着这些衣服。

“行吧——那晚安了。”他有点犹豫地说。

突然他们互相朝对方走过去，握了握手。这并非是一种敷衍，约翰·安德洛斯的胳膊搂了一下玛吉的肩膀，轻轻地拍了拍玛吉的背。

“没伤到哪里吧？”他上气不接下气地说。

“没——你呢？”

“没事，没怎么伤到。”

“行吧，”约翰·安德洛斯顿了一下说，“我想那就晚安吧。”

约翰·安德洛斯把衣服搭在胳膊上，有些一瘸一拐地转身走了。当他离开那片已被踏成烂泥的黑乎乎的地面时，月光依然明亮。他能听到半英里外的车站里，那趟七点钟到站的火车的隆隆声。

“但是，你一定是疯了，”伊迪斯哽咽地说，“我以为你跟他们和好了，然后握了握手，所以我这才走了。”

“你想让我们和好吗？”

“当然不想，我再也不想见到他们了。但我只是觉得你肯定会那么做的。”她抚摸着他脖子和背部的瘀伤，他则静静地坐在浴缸里泡着热水澡。她有点儿坚持地说：“你可能会受了内伤的，我还是去把医生叫来吧。”

他摇了摇头。“那应该不会的，”他回答说，“我可不想让这一切传到镇上其他人耳朵里。”

“我其实到现在都还不明白，这一切到底是怎么发生的。”

“我也不知道啊，”他苦笑了一下，“我估计这种宝贝聚会是很可能遇到些不愉快的事的。”

“嗯，倒是有一件事——”伊迪斯略带侥幸地提议道，“我们家里还有牛排，这样明天的晚餐就不用愁了。”

“为什么？”

“当然是为了你的眼睛啊。你知道我差点儿就买了小牛肉吗？这难道不是最幸运的事吗？”

半小时后，他穿好了衣服，只不过他的脖子现在适合穿没领子的衣服。约翰在镜子前面试着活动了一下四肢。“我觉得我需要锻炼一下了，”他若有所思地说，“我现在肯定是老了。”

“你是说下次你就能打败他？”

“我确实打败了他，”他宣布，“反正我们俩至少说也是互为平手吧。而且下次不会再有平手这一说了。你也别再说人家粗俗没教养了。下次你要是再遇到什么麻烦，就直接穿好外套回家就好了。明白了吗？”

“是，亲爱的，”她温顺地说，“我真是很愚蠢，我现在知道了。”

他们向外面大厅走去，经过婴儿房的门口，他突然停了下来。

“她睡着了吗？”

“睡得很香。不过现在可以进去看看她——就说声晚安的话。”

他们蹑手蹑脚地走了进来，在床边弯腰看着床上的宝贝。小艾德的脸颊健康红润，她的两只粉色小手正紧紧地握一起，在凉爽而昏暗的房间里睡得很沉。约翰从床的一侧栏杆上伸出手，轻轻抚摸着她那丝一般软滑的头发。

“她睡着了。”他有点疑惑地低声说着。

“当然，在这么一下午的折腾之后。”

“安德洛斯夫人，”黑人女佣压低的声音从大厅飘了过来，“玛吉先生和夫人在楼下，他们想见您。我的天啊，玛吉先生的衣服被撕成了碎片，他的脸看起来像是烤牛肉。玛吉夫人看起来像是要疯了。”

“什么情况啊，他们是没完没了了吗？”伊迪斯叫道，“就告诉他们，我们不在家。我是绝对不可能下楼的。”

“你一定要下楼的。”约翰的声音沉稳而坚定。

“什么？”

“你现在就要下去，而且，不管那个女人做了什么，你都要为你今天下午说过的话道歉。之后如果你想，那可以再也不用见她。”

“为什么——约翰，我不能这么做。”

“你一定要这么做。记住，如果说你讨厌下楼，那她讨厌来这里的程度可能是你的两倍。”

“你不一起下去吗？我难道一个人去吗？”

“你先去，我马上就下去。”

约翰·安德洛斯一直等到她关上身后的门；然后他伸出手，把床上的女儿抱起来，裹好毛毯，坐在床边的摇椅上，紧紧地把她抱在怀里。她稍稍动了一下，他赶忙屏住呼吸，不过她睡得很沉，不一会儿，就枕着他的臂弯睡熟了。他慢慢低下头，直到面颊贴住她那浅黄的头发。“亲爱的小姑娘，”他低声说，“亲爱的小姑娘，亲爱的小姑娘。”

约翰·安德洛斯现在终于知道，今晚他是为何而经历了一场恶战了。那就是因为他的小女儿，他现在有了她，并且会永远保护她。在黑暗的房间里，他就那样坐在那儿，缓缓地来回摇晃着。

Absolution

赦免

1

从前有一位神父，他有着一双冰冷而湿润的眼睛，在那些寂静的夜晚，他总是独自默默垂泪。他哭泣的原因是在温暖而漫长的下午，他无法与主达成完全而神秘的联系。有时，在临近下午四点的时候，他窗前的小路上会传来瑞典姑娘们裙摆的沙沙声，而她们刺耳的笑声则令他有一种极度不和谐的感觉。于是，他大声祈祷着暮色时分的到来。夕阳西下，笑声和言语声总会渐渐平静。有几次，当他走过隆伯格药店时，里面黄色的灯光闪烁着，苏打水饮料机的镍质水龙头也微微发着光，一种廉价香皂所散发的甜美的人造香精味道在空气中弥漫着。每当他在周六的晚上听取完忏悔返回住处时，他总会小心翼翼地避免经过那条路，而选择走街的另一边，这样一来，香味在抵达他的鼻孔之前，就已经类似于某种焚香一般地飘向了夏日的夜空之上，而他就再也不会闻到那种香皂的气味了。

但是令他无法逃离的是下午四点钟燥热的疯狂。从他的窗户望下去，眼界所达之处尽是遍布达科他州红河谷地的麦田。这麦田实在难看，仿佛一张织着糟糕花纹样式的地毯，令他不禁痛苦地闭上双眼，任由思绪在荒诞的迷宫中徘徊，而一旦他睁开眼，永远躲不掉的是那轮挂在空中的太阳。

一天下午，当他的思绪像一座古老的时钟那样运行到了某个钟点时，他的管家把一个漂亮而热情的小男孩带进了他的书房。这个男孩名叫鲁道夫·米勒，今年刚十一岁。小男孩坐在了一片阳光里，而老神父在他的胡桃木桌子后面，假装自己很忙的样子，这主要是为了掩饰他的欣慰，因为总算有人闯进了他这间叫人如此心神不宁的房间。

他转过身来，便发现自己正盯着一双星光般迷离的大眼睛，它们闪烁着钴蓝色的光。有一瞬间，他被它们震慑了。随后他看到他的来访者正处在一种凄楚而恐惧的状态中。

“你的嘴唇在颤抖。”憔悴的施瓦茨神父说道。

小男孩用手捂住他颤抖的嘴。

“你遇到了什么麻烦吗？”施瓦茨神父骤然问道，“把你的手从嘴上拿开，告诉我到底发生了什么事。”

那个男孩不情愿地把手从嘴巴上移开。施瓦茨神父现在认出了他是教区内一位居民的儿子，他的父亲，米勒先生，是个货运代理商。男孩用一种绝望的低语开始了他的诉说。

“施瓦茨神父……我犯了一项非常可怕的罪行。”

“是亵渎纯洁之罪吗？”

“不，神父……比那更糟。”

施瓦茨神父的身体猛然抽搐了一下。

“你杀人了？”

“没有，但我恐怕……”男孩的声音变成了尖细的呜咽声。

“你想去做忏悔吗？”

小男孩痛苦地摇了摇头。施瓦茨神父清了清嗓子，以便让自己的声音听上去柔和一些，说出一些安静而和悦的言语。这一刻，他应该忘记自身的痛苦，努力表现得像上帝一般。他不断同自己重复着一句祷告的话语，期望上帝能以此作为回报，帮助他正确地行动。

“告诉我，你做了什么呢？”他用一种新的温柔的声音说。

小男孩泪眼婆娑地看着他，刚刚还心烦意乱的神父在此刻所创造出的那种具备道德宽恕力的形象，让他的心变得逐渐安定了下来。鲁道夫·米勒开始尽可能地抛开自己的疑虑，讲述起他的故事。

“三天前，就是星期六那天，我的父亲告诉我需要去做忏悔，因为我已经一个月没做了，而我的家里人每周都会去，我却没去。所以我就走了，也没管那么多。我把它推迟到了晚饭后，因为我在这之前和一群孩子去玩了。我的爸爸问我去了没有，我说‘没有’，他就拎着我的脖子说‘你现在就去’，所以我说‘好吧’，于是我去了教堂。他在我身后面喊道：‘不去的话你就别再回来了……’”

2

“礼拜六，三天前”

忏悔室里的长绒布窗帘上暗沉的褶皱动了一下，下面露出了一位老人的旧鞋面。在这帘布的后面，是令人尊敬的教区神父阿道夫·施瓦茨，那是一个孤独的与上帝同在的不朽灵魂。忏悔室里的只有神父能听清的声音开始传出来，那是一种费力的低语，带着齿音，谨慎而断断续续的，不时地被神父的提问所打断。

鲁道夫·米勒跪等在忏悔室旁边的长凳上，他使出浑身解数，竖着耳朵紧张地听着，然而却听不清什么。神父的提问会被清晰地听到，这让他有些警惕。接下来就要轮到他了，而等在他后面的那三四个人有可能肆无忌惮地偷听到他承认自己错误地违反了第六条和第九条戒律。

鲁道夫从来没有犯过通奸罪，甚至也没有觊觎过邻居的妻子。但令他极难直视的恰恰是因为他要忏悔的罪过与之相关联。相比之下，让他忏悔那些不那么可耻的堕落行为简直成了一种点缀般的享受。如果说与他灵魂中所触犯的与性相关的过错是种黑色标记的话，那么其他的堕落行为也就只是某种灰色的背景色而已。

他一直用手捂着耳朵，期望他这样拒绝偷听忏悔的行为能被别的人注意到，从而在他忏悔的时候其他人也能以相似的方式对待他。当忏悔室中的告解者猛地动了一下，他吓得把脸埋进了双肘的臂窝里。恐惧已变成了一种越来越实在的东西，在紧紧地挤压着他心脏和肺部之间的空隙。他现在必须全力以赴地为自己的罪过忏悔，这与其说是因为他害怕，不如说是因为他冒犯了上帝。他必须说服上帝相信他很内疚，而这意味着他首先必须先说服他自己。经过紧张的情绪斗争，他获得了一点儿怯懦的自怜，认为自己现在已经准备好了。如果，一方面，他能阻止其他想法侵入他的头脑；另一方面，他能保持这样的情绪状态不受影响，那么，等他走进那间仿佛竖置的棺材般的忏悔室后，他本可以从他宗教生命的一场危机中幸存下来。

然而，没过多久，他就被一种恶魔般的念头占据了思绪。他可以趁现在还没轮到他之前回家，告诉他的妈妈他到的时候太晚了，结果发现神父已经走了。当然，他也有可能不幸地被发现是在编造谎言。另一个替代的选择是他可以说他去做了忏悔，但这意味着他必须避免第二天的圣餐，因为对于一个不洁净的灵魂来说，接受的圣餐会在他的口中变成毒药。那样他将会倒地或无力前行，甚至直接从祭坛的栏杆跌落下来。

施瓦茨神父的声音再次从忏悔室中清晰地传了出来。

“并且，为了你的……”

话语模糊成一团沙哑的嘀咕声，鲁道夫激动地站了起来。他觉得他今天下午是不可能进行忏悔的。他紧张地犹豫着。然后，从忏悔室里传来了一声敲门声，接着是吱吱的声音，然后是持续的沙沙作响。滑轨落下来了，长绒布窗帘动了。他这一刻再想逃走已经太晚了。

“神父啊，求您赐福于我，因为我犯了罪……我向全能的上帝和您忏悔，神父，我犯了罪……自从我上一次忏悔到现在，已经过了一个月零三天了……我谴责自己——玷污了耶和华的圣名……”

这是很容易说出口的罪过。他的忏悔只不过是虚张声势罢了——

说出来简直有点儿像是自夸。

“……我刻薄地对待了一个老太太。”

花格窗后面淡淡的影子微微移动了一下。

“你做了什么，我的孩子？”

“是斯文森老太太，”鲁道夫有点儿欢快地低声说道，“我们的棒球砸了她的窗户，她得到了棒球不肯还给我们，所以我们整个下午都在冲她大喊大叫。然后大约五点钟的时候，她气得生病了，他们不得不请了医生来。”

“继续吧，我的孩子。”

“……我谴责我自己，因为我不相信我是我父母的儿子。”

“什么？”询问者明显感到吃惊。

“我不相信我是父母的儿子。”

“为什么呢？”

“哦，只是骄傲吧。”忏悔者轻快地回答。

“你是说你觉得你太优秀了，你父母不配有你这样的儿子？”

“是的，神父。”他的语气没有刚刚那么高兴了。

“继续吧。”

“我悖逆不孝，直呼我母亲的名字，我背地里诽谤别人，我吸烟……”

鲁道夫现在对罗列这些次要的罪行已经感到精疲力竭了，他正越发接近要开始忏悔那难以启齿、令他痛苦万分的罪过了。他用手指紧紧抵住脸颊，好像一根根铁棍似的，要把内心的羞愧都挤压出来。

“我谴责自己，因为我说了脏话，以及有一些不道德的思想和欲望。”他用极低的声音说道。

“多久一次？”

“我不知道。”

“一周一次？一周两次？”

“一周两次。”

“你屈从于这些欲望了吗？”

“没有，神父。”

“你产生这些行为和想法，是在一个人的时候吗？”

“不是，神父。是当我和两个男孩以及一个女孩在一起的时候。”

“我的孩子，你难道不知道，你应该既避免这种犯罪本身，也要避免引起这类罪恶的场合吗？邪恶的同伴会带来邪恶的欲望，而邪恶的欲望会导致邪恶的行动。这件事发生的时候你在哪里？”

“是在……谷仓的后面。”

“我不想听到任何名字。”神父急剧地打断了他的话。

“嗯，是在谷仓上面的阁楼上，那儿有个女孩，还有个小伙子，他们说了些话，是一些不道德的话，而我当时留下来了并没有离开。”

“你应该离开的——你应该告诉那个女孩离开那里。”

他应该离开的！但是他无法告诉施瓦茨神父，当时他手腕的脉搏跳得多么快，又是怎样的一种奇怪而浪漫的兴奋感遍布他的周身。也许那些在收容所里的目光呆滞而冷漠的堕落的姑娘们，可能才会点燃这类简直是最苍白的火焰。

“你还有什么要告诉我吗？”

“我觉得应该没有了，神父。”

鲁道夫松了一口气。汗水从他绷紧的手指间冒出来。

“你撒谎了吗？”

这个问题使他大吃一惊。像所有那些习惯性地、本能地撒谎的人一样，他对真相有极大的尊重和敬畏。他几乎是不由自主地给出了一个迅速而令人痛心的答案。

“哦，不，神父，我从不说谎。”

霎时，像一个坐到了国王椅子上的平民一样，他尝到了骄傲的滋味。紧接着，当神父开始低声念诵那些传统的训诫时，他意识到他贸然否认了自己说谎的事实，是另一项他犯的可怕的罪过——他在忏悔中撒了一个谎。

几乎是在自动地回应着施瓦茨神父所说的“现在开始你的忏悔行为”，他开始漫不经心地大声重复着：

“哦，我的主，我真心地忏悔冒犯了您……”

他现在必须把这个错误修正——这是一个严重的错误——但当他最后说完祷告词的时候，随着一声尖锐的声响，门板关闭了。

一分钟后，他出现在了暮色中，从闷热而潮湿的教堂走到外面。这片由麦田和天空组成的开阔世界带来了轻松的感觉，这推迟了他对自己刚才所做的一切的认识。他没再去担心，反而深深地呼吸了一口清新的空气，并且开始一遍又一遍地对自己说：“布拉奇福德·萨内明顿，布拉奇福德·萨内明顿！”

布拉奇福德·萨内明顿就是他自己，这些话实际上是一首抒情诗。每当他成为布拉奇福德·萨内明顿时，一种温文尔雅的贵族气质就会流遍他的全身。布拉奇福德·萨内明顿生活在一个战无不胜的伟大世界里。每当鲁道夫闭上眼睛，就意味着布拉奇福德已经掌控了他，当他走在路上时，天空中便会传来艳羡的低语声："是布拉奇福德·萨内明顿！布拉奇福德·萨内明顿来了。"

当他大摇大摆地沿着崎岖小路往家走时，他就一直是布拉奇福德，不过当走到满是碎石的路德维希大街时，鲁道夫的兴高采烈开始渐渐消失了，他的头脑冷静了下来，他开始对他撒的谎感到害怕。肯定的，上帝已经知道了。但鲁道夫在他的思想里保留了一个角落，在那儿他能安全地远离上帝，并经常用他准备好的诡计来欺骗上帝。现在他躲进了这个角落，考虑着怎样才能最好地逃过自己所犯的错误的后果。

他必须不惜一切代价避免参加第二天的圣餐仪式。因为这种程度地激怒上帝，风险太大了。他可以在早上"一不小心地"喝了水，这样根据教会律条，他就不再适合在当天接受圣餐了。尽管这个诡计有点儿肤浅，但这是他能想到的最可行的办法。当他转过街角的隆伯格药店，看到父亲的房子时，他的内心对这样做的风险已经释然，并开始全神贯注地盘算应该如何最完美地实施他的计划了。

3

鲁道夫的父亲是当地的一位货运代理商，他随第二波德国和爱尔兰移民来到了明尼苏达州－达科他州的乡村地区。从理论上说，当年曾经有很好的机会摆在这个精力充沛的年轻人面前，然而卡尔·米勒既不善于与上司也不善于跟下属建立关系和营造声誉，而声誉对于在这个具有科层体制的行业中获得成功是必要的。某种程度上说，他有点儿粗野，头脑也不够灵活，无法自然地接受各种基本的关系，这种无能使他日渐疑心重重，烦躁不安，并且长期精神萎靡。

将他与丰富多彩的生活联系在一起的两条纽带，分别是他对罗马天主教的信仰，以及他对“帝国的缔造者”——詹姆斯·J. 希尔的神秘崇拜。希尔具有的典范性品质正是米勒本人所欠缺的——对事物的觉察和感知，就像能凭借风吹在脸颊上的感觉来预知下雨那般。米勒的头脑是后知后觉型的，无论工作还是生活中。他这辈子从来没有经历过自己能平衡好手里任何一件事情的情形。在希尔投下的巨大阴影之下，老米勒那曾经疲倦的、活泼的、矮小的身体已日渐衰老。他已经有整整二十年只是孤独地与希尔的名字以及上帝生活在一起了。

这个星期天的早上，卡尔·米勒在六点钟的清爽与寂静中醒来。他跪在床边，把他灰黄色的头发和斑驳的胡须扎进枕头里，祈祷了几分钟。然后他脱下睡觉时穿的T恤——就像他的同代人那样，他始终无法忍受宽大的睡袍——然后在他瘦削、白皙、光滑的身体上套了一件羊毛内衣。

他刮了胡子。另一间卧室非常安静，他的妻子正在里面不安地睡着。厅的一角也很安静，用屏风隔出来的一个空间，放着他儿子的小床。他儿子就睡在他的一些私人物品中间，有阿尔杰书、收藏的雪茄包装纸、被虫蛀了的一些三角形锦旗——上面写着“康奈尔”“哈姆林”和“从新墨西哥州的普韦布洛发来的问候”等等——还有其他的物品。窗外传来了鸟儿尖锐的叫声，家禽四处走动的动静，以及一种低沉的声音，那是六点十五分途经的那趟前往蒙大拿和绿色海岸的直达列车的轰鸣声。接着，当冷水顺着他手里的毛巾滴落下来时，他突然抬起头来——楼下的厨房传来了一阵鬼鬼祟祟的声响。

他赶忙擦干了剃须刀，挂好肩上的吊裤带，然后又竖起耳朵听。从轻轻的脚步声就知道，厨房里有人在走动，而那不是他的妻子。他吃惊地半张着嘴，飞快地跑下楼梯，打开了厨房的门。

水槽边站着一个人，一只手正放在仍在滴水的水龙头上，另一只手则抓着一大杯水，是他的儿子。男孩睡眼惺忪，见到父亲之后他明显表现出一种带着惊恐和应该受到责备的心态。他赤着脚，宽大的睡衣袖子卷起来，裤腿也卷到膝盖的位置。

一时间，他们俩都一动不动地愣住了——卡尔·米勒的眉毛压了下来，他儿子的眉毛挑了上去，好像他们在用这种方式来平衡着彼此已达到饱和了的极端的情绪。然后，父亲的胡子垂了下来，遮住了嘴，这是个叫人不安的信号，他向四周瞥了一眼，确认没有其他不对劲儿的地方。

厨房里充满了阳光，光线照在锅上，也照在厨房的地板上，让它们显得更加光滑，餐桌板在阳光里好像小麦一样橙黄而明净。房子正中的火炉还在燃着，瓶瓶罐罐像玩具一样码放得很齐整，蒸汽则一天到晚冒着，发出一种口哨般的声响。没有什么被移动或碰过的痕迹——除了那个水龙头，水珠还在向外冒着，闪着白光的水珠不断滴进下面的水槽里。

“你干什么呢？”

“我渴得要命，所以我想着我得下来弄点儿水……”

“你不是还要去圣餐会吗？”

他儿子的脸上流露出一种强烈的惊愕的神情。

“我完全给忘了。”

“你喝过水了吗？”

“没有……”

当这个词离开他嘴唇的一刻，鲁道夫就知道这是个错误的答案了。然而，在他做出进一步反应之前，盯着他的那双暗淡而愤怒的眼睛就已经看出了真相。他也意识到了，他压根不该下楼来，他想在水槽边留下一个湿玻璃杯来营造逼真场景完全是多此一举，他那实诚的想象反而背叛了他。

“倒掉，”他父亲命令道，“那杯水！”

鲁道夫绝望地把玻璃杯里的水倒了。

“你到底怎么回事？”米勒生气地问。

“没什么。”

“你昨天去忏悔了吗？”

“去了。”

“那你为什么要喝水？”

“我也不知道——我忘了。”

“也许你更关心的是那一点儿口渴，而不是你的信仰。”

“我真忘了。”鲁道夫能感觉到眼泪在他眼眶里打转。

“那不是理由。”

“好吧，可我真是这样的。”

“你最好给我小心点儿！”他的父亲提高了调门，尖锐而执着地告诉儿子，“如果你已经健忘到连你的宗教信仰都记不住的话，那我看最好是得对你做点儿什么了。”

鲁道夫停顿了一下，说：“我会好好记住的。”

“你先开始忽视你的宗教信仰，”他的父亲怒不可遏地喊道，“接下来，你就会开始撒谎和偷窃，再接下来你就等着被关进少年犯管教所吧！”

哪怕是如此熟悉的威胁，现在也没法把鲁道夫从眼前的深渊里拉出来了。他现在要么说出一切，然后把身体献给他所熟知的一顿暴打，要么他就带着这颗亵渎的灵魂，冒着被天打雷劈的风险，在圣餐仪式上接受基督的血和肉。这两样比较起来，前者似乎更加可怕——与其说他害怕被暴打，不如说他害怕的是殴打背后那种野蛮的暴力，唯有无能之辈才会用暴力来发泄。

“你现在把杯子放下，上楼穿衣服去！”他父亲命令道，“等我们到了教堂之后，在你去领圣餐之前，你最好先跪下来好好祈祷，让上帝能原谅你的粗心大意。”

这句命令措辞里的某些强调成分，意外地对鲁道夫头脑中的混乱和恐惧起到了催化作用。突然间，一阵狂野而骄傲的怒火涌上了鲁道夫的心头，于是他直接把玻璃杯用力甩进了水槽里。

他的父亲发出一声紧张而嘶哑的怒吼，向他扑了过来。鲁道夫躲到了一边，慌乱间撞翻了一把椅子，并试图想要从厨房的桌子上爬出去。当被一只手抓住了他的睡衣肩膀时，他尖声喊叫起来，然后就感到了头部一侧受到了一记重击，紧接着是上半身落下来的雨点般的拳头。当他被父亲抓住并且四处拖拽、东倒西歪的时候，他下意识地抓住一只胳膊，在感到剧烈疼痛和紧张时，他一声不吭，唯有歇斯底里地冷笑了几声。后来没过一分钟，他父亲突然停止了打他。在某种僵持之中，老米勒仍然紧抓着鲁道夫，两人身体都剧烈地抖动着，他们说了几句奇怪的、断断续续的话，卡尔·米勒半拖半威胁地把儿子弄上了楼。

“穿上你的衣服！”

鲁道夫现在既歇斯底里又感到冷彻心扉。他的头很痛，脖子上被父亲的指甲划出一道长长的划痕，他浑身发抖，边穿衣服，边抽泣着。他意识到母亲站在门口，一副胆战心惊的样子，她那皱巴巴的脸挤出了更多的皱纹，从脖子到额头，一道道新的纹路又生了出来。他看不起她的紧张和无能，当她试图用金缕梅给他擦擦脖子时，他粗鲁地躲开了她，匆匆忙忙梳洗了一下，然后跟着他的父亲走出了房子，沿着通往天主教堂的路走去。

4

他们就这么走着，谁也不说话，除了卡尔·米勒下意识地跟路人打着招呼。鲁道夫急促不匀的呼吸已然搅乱了这炎热的周日清早的宁静。

他父亲在教堂门口果断地停下了脚步。

“我决定让你最后再去忏悔一次。你进去告诉施瓦茨神父你所做的一切，然后祈求上帝的宽恕。”

“你刚才也发了脾气！”鲁道夫很快地说。

卡尔·米勒朝他儿子走近了一步，他的儿子小心翼翼地往后退了退。

“好吧，我也去。”

“你会照我说的去做吗？”他父亲沙哑地低声喊道。

“好吧。”

鲁道夫走进了教堂，这是他两天之内第二次走进教堂忏悔室，跪下和忏悔。忏悔室的滑门几乎立刻就打开了。

“我谴责自己错过了早晨的祈祷。”

“就这些吗？”

“就这些。”

他的内心充满了一种伤感的窃喜。在满足他所必需的安逸和自尊之前，再也没有什么抽象的话语能进到他的心里了。他已经跨过了一条看不见的界线，而他现在已经意识到了自己的孤独——意识到这孤独不仅是当他是布拉奇福德·萨内明顿的时候，也适用于他全部的内在生命。迄今为止，类似“疯狂”的野心、琐碎的羞耻或者是恐惧，都只不过是某种私自的感觉的留存，在他那公开对外的心灵宝座面前是不会得到认可的——除此以外，不外乎只有装饰的门面和象征传统的旗帜罢了。他周遭环境的压力把他逼上了那条属于青春期少年的孤独的秘密之路。

他跪在长凳上，紧挨着父亲。弥撒开始了。鲁道夫直起身跪着——当他只有一个人时，他就把后背靠在座位上——品尝着一种尖锐而微妙的报复。在他身边父亲正祈祷上帝会原谅鲁道夫，还在问上帝他自己失去控制大发脾气的行为会不会被宽恕。他瞥了一眼儿子，欣慰地看到孩子脸上刚才那种紧张放肆的神情消失了，也停止了抽泣。上帝的恩典会让一切问题得到很好的解决的，这也是圣餐礼的本意，也许之后的一切也都会好起来的。在内心里，他由衷地为鲁道夫感到自豪，并开始对他曾做过的一切表示真正和正式的道歉。

通常，对鲁道夫来说，募捐箱经过的时候，会是一个重要的时刻。在以往，如果他没有钱扔进箱子的话，他会极度羞愧，并低下头假装没有看见箱子，唯恐坐在后排长椅上的珍妮·布雷迪注意到并由此怀疑他的家庭严重贫困。但是今天，当募捐箱掠过他眼前时，他冷冷地瞥了它一眼，注意到其中已装了很多硬币，这让他生出了一点儿兴致。

然而当圣餐的钟声响起时，他却在颤抖。上帝没有理由不让他的心停止跳动。在过去的十二个小时里，他已经犯下了一个接着一个的越来越严重的致命罪过，而现在他将要以亵渎圣餐的行为使他的罪达到顶峰。

“主啊！我不敢奢求您会来到我的屋檐之下；但是只需您说一句话，我的灵魂就将会得到治愈……”

教堂的长椅上响起一阵沙沙声，圣徒们两眼低垂，双手合十，排队走进过道之中。那些更虔诚的信徒们，将他们的指尖紧紧顶在一起，形成尖塔的形状。卡尔·米勒就是其中之一。鲁道夫跟着他走向祭坛的栏杆，在那里跪下，机械地把一块餐巾垫在下巴底下。铃声突然响起，神父从圣坛转身走下来，手拿圣餐杯和放在上面的洁白的圣饼：

“愿我主耶稣基督的灵魂保佑我灵魂得永生。”

当圣餐开始时，鲁道夫的前额冒出一层冷汗。当施瓦茨神父沿着队伍走过来，鲁道夫感到一阵逐渐加重的恶心，在上帝的意志面前，他的心脏跳动得越发衰弱。他觉得眼前的教堂越来越黑暗，越来越陷入一片死寂之中，只有那含糊的祷告声，宣布创造了天堂与尘世的主的临近。鲁道夫耸着肩膀，耷拉着脑袋，等待着造物主的致命一击。

紧接着，他感觉一侧有人用胳膊肘猛然推了他一下。他的父亲提醒他直起身来，不要倚靠在围栏上；神父离他们只有两个座位的距离了。

“愿我主耶稣基督的灵魂保佑我灵魂得永生。”

鲁道夫张开了嘴。他感觉舌头上的圣饼黏糊糊的，散发着一股蜡的味道。他一动不动，仿佛时间已经停止了，他仰着头，嘴里含着的圣饼还没化开。接着他又被父亲的手肘猛然推了一下，才发现人们已如落叶般纷纷退离祭坛，双眼低垂走回座位，只有上帝与他们同在。

无人与鲁道夫为伴，他独自一人，汗流浃背，深陷在那不可饶恕的罪恶之中。当他走回长凳时，他的偶蹄[①]发出尖锐敲击地板的声音，他知道那是他内心携带的一种黑暗的毒药。

① 魔鬼的标志。

5

“白日之飞箭”[①]

这个漂亮的小男孩，他的眼睛犹如蓝色宝石一般，他的睫毛如花瓣那样绽放开来，当他终于向施瓦茨神父忏悔完自己的罪过时，半小时后笼罩着他的那片阳光照进了屋子里。鲁道夫现在已不再那么害怕了；当心里话说出来，反应也开始变得自然了。现在他知道，只要他和这位神父待在一起，上帝就不会让他的心停止跳动，于是他叹了口气，静静地坐着，等待神父开口说话。

施瓦茨神父冰凉如水的眼睛盯着地毯上的花纹。阳光照在上面，映出吉祥纹的图案、单调的藤蔓枝叶和苍白的花影。大厅里的钟嘀嗒作响，指针朝日落时分坚定地走去。从下午开始，这间丑陋的房间和窗外都是一片僵硬单调的氛围，偶尔地，远处锤子敲击地面的声音在干燥的空气里回响，不时地打破一下屋里的氛围。神父的神经紧绷，手中的玫瑰念珠像蛇一样在他桌面的绿毛毡上爬行和蠕动。

① 原文为拉丁语，出自《旧约 · 诗篇》第 91 章第 5 节，全句大意为：“你必不怕黑夜之惊骇，或白日之飞箭。”

他现在不知道他该说些什么。

在这个让人迷失的瑞典小镇上，他最喜欢的就是这个小男孩的眼睛了——一双美丽的眼睛，睫毛总是无奈地与它们分离，然后又蜿蜒回来像要与它们再会合一般。

在鲁道夫等待的时候，沉默持续了很长的时间，破房子里的钟依然在嘀嗒作响，神父在努力地去回忆起一些已经渐渐离他远去的东西。然后，施瓦茨神父使劲盯着小男孩看着，用一种奇怪的声音说道：

“当很多人聚集在最美好的地方时，一切都会变得澄明发光。”

鲁道夫一惊，很快看向施瓦茨神父的脸。

“我说——”神父又说，顿了一下，静下来听了听周围。“你听到了锤子的声音、时钟嘀嗒的声响，还有蜜蜂们的声音了吗？好吧，这也不怎么好。关键是要有很多人站在世界的中心，不管那中心具体会是在哪里。那样的话，”——他如水一般的眼睛有意地睁大了——“一切都会变得澄明发光。”

“是，神父。”鲁道夫附和道，他感到有点儿害怕。

“你长大以后要做什么？”

“嗯，我打算当一段时间的棒球运动员，”鲁道夫紧张地回答说，“但我不认为这样的雄心壮志有多好，所以我想我会成为一个演员或者一个海军军官。”

神父再一次盯着他。

“我完全了解你要说的意思。”他说，带着某种激烈的气息。

鲁道夫并没有什么特别的意思，听到神父的言下之意，让他变得更加不安了。

“这个人疯了，”他想，“我感到很怕他。他好像是要我帮他忙，但我并不想。”

施瓦茨神父失控地喊道：“你看起来就是澄澈而光亮的。你参加过聚会吗？”

“是的，神父。”

“你注意到了每个人都穿着得体了吗？这就是我要说的意思。就在你去参加聚会的时候，有那么一刻，大家都穿着得体。也许会有两个小姑娘站在门口，男孩们倚靠在栏杆上，酒杯的周围有很多的鲜花。”

“我参加过很多聚会。”鲁道夫说，谈话转向这个话题让他松了一口气。

“当然，”施瓦茨神父得意地接着说，“我就知道你会同意我说的。但是我的理论是，当很多人在最好的地方聚集在一起时，一切就会永远那么澄明而光亮。”

鲁道夫发现自己在想布拉奇福德·萨内明顿。

“请听我说！”神父不耐烦地命令道，“别再担心上个星期六了。背叛信仰意味着会有绝对的惩罚，但其前提是此前这个人有完美的信仰。这能够解决你的问题吗？”

鲁道夫完全不知道施瓦茨神父在说什么，但他还是点了点头，神父也朝他点了点头，然后又回到令他全神贯注的神秘的思绪当中。

“为什么，”他喊道，“他们现在已经有了像星星那么大的灯了——你意识到了吗？我听说在巴黎或其他一些地方，一盏灯能有星星那么大。很多人都有这样的灯——他们都很快乐。他们有各种各样你连做梦都想象不到的东西。”

“看这里——”他走近鲁道夫，但男孩躲开了，于是施瓦茨神父回到他的椅子上，坐了下来，他的眼睛干瘪，热得要命，“你见过游乐园吗？”

“没有，神父。”

“好吧，那你去游乐园看看吧，”神父含糊地挥了挥手，“游乐场是有些像集市的东西，只不过更加闪亮。你可以找个晚上去游乐园，选一个离它有些距离的比较暗的地方，站在那儿看它一会儿，比如在黑乎乎的大树下面。你会看到一个由灯光组成的巨大的轮子，它在空中转动着，然后会有长长的滑梯把船射入水中。有乐队在周围演奏，空气中有花生酱的味道——一切都会闪闪发光。但它不会让你想起任何事，你瞧，它只会像挂在夜空中的彩色气球一样，像灯柱上挂着的巨大的黄色灯笼一样。”

施瓦茨神父皱了皱眉，突然想到了什么。

“但是不要靠得太近，”他警告鲁道夫，“因为如果你靠得太近了，你只会感到热气、汗味和吵闹的生命。”

所有这些谈话对于鲁道夫来说，都显得非常奇怪而可怕，因为这个人是一位神父。他坐在那里，大半被惊吓到，他美丽的眼睛睁得大大的，凝视着施瓦茨神父。但在他的恐惧之下，他感到自己内心的信念被确证了。一定有一些无与伦比、华丽异常的地方是与上帝无关的，他不再认为上帝会对他最初的谎言感到很生气了，因为上帝一定理解鲁道夫之所以这样做是为了让忏悔室里的事情变得更加美好，他说的那些冠冕堂皇的话也只是为了让他不光彩的错误显得过得去一点儿。当他无瑕的荣誉得到确认的那一刻，他看到在一座绿色的小山丘上面，银色的三角旗在微风吹拂下招展着，有皮革发出的嘎吱嘎吱的响声，有闪着银光的马刺，以及一队在等待黎明到来的骑兵。阳光让他们的胸甲闪烁着星星般的光芒，就像家里挂画上在法国色当的德国铁甲骑兵一样。

可是现在神父正在喃喃自语，说着一些令人心碎的话，而男孩变得极度害怕起来。一股恐怖的气息突然从开着的窗户冲了进来，房间里的气氛顿时就变了。施瓦茨神父忽然跪倒在地，身体向后靠向一把椅子。

“哦，我的上帝！”他用诡异的声音喊叫着，然后萎蔫倒地。

紧接着，一股人性的压抑从神父那破旧的衣服下面散发出来，与放在角落里的一些吃剩的食物的微弱气味混合在了一起。鲁道夫尖厉地大喊了一声，惊慌失措地从房子里跑了出去——而那倒下的人正静静地躺在那里，他看到在这间房间里充满了越来越多的声音和面孔，直到不断重复的言语的回声挤满了整个房间，然后随着铃声响起的是一阵隐隐的、魔鬼一般尖厉的笑声。

窗外，蓝色天空里的热风正阵阵拂过麦田，黄头发的姑娘们性感地走过围绕田野四周的小路，勾起了那些在稻田中结队劳作的年轻男孩们的天真和兴奋。方格裙摆下是姑娘们修长的双腿，她们脖子上的汗已经把领口浸湿了。这个下午，一段火热而生机勃勃的生活已经被阳光点燃了五个小时。而再过三个小时，夜晚就会降临，那时到处都会有这样金发碧眼的北方姑娘和农场里那些个子高高的年轻人，躺在这片月光之下的麦田里。

Rags Martin-Jones and the Pr-nce of W-les

马丁·琼斯和威尔士亲王

1

四月的一个清晨，莫扎迪斯号邮轮缓缓驶进了纽约港。这艘邮轮对拖船和龟速的摆渡船嗤之以鼻，对一艘豪华的年轻游艇抛了个媚眼，又用汽笛的咆哮声命令一艘挡道的家畜运送船立刻闪开。然后，就像一位体态丰盈的雍容贵妇总要小题大做一番后才肯入席就座一样，她终于停靠进了专属的码头，并宣布自己从瑟堡和南安普顿回到纽约的这一程还是很令她满意的，毕竟她所载的可都是这个世界上一等一的人物。

邮轮一靠岸，这些世界上一等一的人物们纷纷走上甲板，向在码头上等待他们的穷亲戚们傻乎乎地挥着手，而他们的亲戚则在盼望着得到一两件从巴黎买回来的礼物，比如手套之类。没过多久，一架仿佛巨型雪橇板的舷梯放了下来，连接起莫扎迪斯号邮轮和北美大陆，一等乘客们相继登场——好莱坞女星格劳瑞亚·斯旺森，罗德泰勒百货公司的两位买手，一位不远万里发放债券的格劳斯塔克国财政大臣。还有一位非洲的国王，他自从去年上船之后一直晕船得厉害，整个冬天他都在试图于某个就近停靠的地方下船。

当川流不息的乘客一个个走上码头，充满激情的摄影记者们也开始忙碌了起来。突然人群中爆发了一阵哄笑，原来是两副担架抬出了两个昨夜喝得酩酊大醉的中西部男人。

甲板渐渐空了，可直到最后一瓶法国廊酒都已经搬上了岸，摄影记者们仍然在坚守岗位等待着。负责接驳乘客上下船的大副仍站在舷梯脚下，他先看了看手表，然后又望向甲板方向，似乎还有重要货物尚未下船。终于，随着最后一拨随行人员开始从B号甲板鱼贯而出，码头上的围观群众中间爆发出了一声长长的欢呼声："啊——哈——哈！"

最先出来的是两个法国女佣，抱着两只染成紫色的宠物小狗。她们身后跟着一队搬运工，他们捧着无数的鲜花花束，如此多的花让人们无法看清他们的脸，他们自然也被花挡得看不清楚路。随后跟着的是一位女仆，她牵着一个眼神悲伤、颇具法国范儿的孤儿。后面紧跟着的是位军官，他牵着三只没精打采的狼狗，看起来它们走得不情不愿，而军官自己也牵得不情不愿。

稍事停顿。便见船长霍华德·乔治·维奇克莱夫特爵士出现在船舷边，而他身旁站着一个人，身上堆满了华丽的银狐皮裘。

贫儿马丁·琼斯，在欧洲各国的首都游历了五年之后，终于回到了她的故乡！

贫儿马丁·琼斯不是一只狗。她是个花儿一般的姑娘。当她跟霍华德·乔治·维奇克莱夫特船长握手时，笑容灿烂，就好像有人给她讲了一个世界上最新最好玩的笑话一般。所有尚未离开码头的人似乎感到这四月的空气都随那笑声而颤抖起来，于是纷纷回转身来张望。

只见她慢慢从舷梯上走了下来。她的帽子十分昂贵，看上去像是某个神秘莫测的实验品，被她折了一下，夹在手臂下面，她剪着一头男孩的短发，不比寸头长多少，所以完全不惧怕港湾里的风把发型吹乱。她的面庞表情丰富，引人入胜，就好像婚礼早晨七点钟的时刻，而她却在自己那双清澈湛蓝的眼睛外面戴了一只多少看起来有些荒诞滑稽的单片眼镜。她每走几步，长长的睫毛就会让单片眼镜倾斜滑落，她也会跟着笑起来，那是一种无聊而快活的大笑，接着又把这傲慢的眼镜片换到另一只眼睛上。

啪嗒！她那不到百斤的轻盈身躯走上了码头，码头好像因为她的美貌而摇晃、倾斜了。有几个搬运工甚至激动得昏倒了。一条多愁善感的大鲨鱼跟在她的船后面走了一路，现在它只能绝望地跳起来，看了她最后一眼，然后伤心地转身游回深海去了。拉格丝·马丁·琼斯已经回到家了。

她的家里没有人来接她，原因很简单，她是家里唯一幸存的人。在 1912 年的泰坦尼克号上，她的父母不愿天各一方，一起随船沉入海底，所以在十岁生日那天，这个小女孩继承了马丁·琼斯的全部财产，价值七千五百万美元。这也就是客户们经常谈到“遗憾”时所指的事情。

贫儿马丁·琼斯（大家早已经忘了她的真名）这会儿正被照相机围得水泄不通。她的单片眼镜一直在不断地滑落，于是她不停地笑着、打着呵欠、把它从一边眼睛换到另一边眼睛，所以几乎很难拍到一张她的非常清晰的照片——当然摄影机除外。不过，所有的照片里都拍到了一个神色慌乱、英俊潇洒的年轻人，他眼睛里燃烧着熊熊爱火。这个在码头上遇见她的年轻人，名叫约翰·M. 切斯特纳特，他已经为《美利坚杂志》写过自己的成功史，而且他无可救药地被拉格丝吸引、爱上了她，就仿佛潮水被夏日的月亮所吸引和左右一样。

当拉格丝走下码头的时候，才真正发现了他的存在。她有些茫然地看着他，就好像她从来没在这个世界上见过他一样。

“拉格丝，”他开始说，“拉格丝——”

“约翰·M. 切斯特纳特？”她一边饶有兴致地打量着他，一边问道。

“当然是我！”他生气地喊道，“难道你是想假装不认识我吗？不是你写信让我来这里见你的吗？”

她笑了。一个司机走了过来，她轻扭腰肢，脱下外衣，露出里面那件海蓝色和灰色交织的格纹布裙子。她抖了抖身体，仿佛一只鸟儿在甩干被打湿的羽毛。

“我有一堆废话要汇报。”她心不在焉地说。

“我也是，”切斯特纳特焦急地说，“而第一件我要汇报的就是，自你离开之后，我每分每秒都在爱着你，拉格丝。”

她发出一声叹息，打断了他。

“求求你了！船上也是有些美国年轻人的。这个话题可太无聊了。”

“我的天哪！”切斯特纳特叫道，“你的意思难道是说要把我对你的爱，跟那些人在船上对你说的事相提并论吗？”

他的声音一下提高了，引得附近不少人转过来听。

“嘘！”她警告他说，“我不会让人在这儿看马戏的。如果我在这儿的时候，你想让我见你的话，你就得收敛点儿，别那么暴力。”

可是约翰·M. 切斯特纳特似乎无法控制住自己的音量。

“你的意思是说，”——这颤抖的声音又提高了一个调门——“就在五年前，上周四的那个日子，你就在这个码头上对我说的，你已经忘记了吗？”

从船上下来的乘客里现在有一半都在码头上，观赏着这一幕。而碰巧另一拨从海关走出来的人群，也像小旋涡一般加入了围观的队伍。

“约翰，”——她越来越不高兴了——“如果你再这么大嗓门，我会让你有足够的时间冷静下来的。我现在要去丽兹酒店了。你今天下午来见我吧。”

“但是，拉格丝！”他声嘶力竭地抗议道，“听我说，五年前——”

紧接着，码头上的围观群众们目睹了如下这一幕好戏。一位美丽的女士，身穿海蓝与灰色交织的格子裙，轻快地向前迈了一步，双手刚好能触及身旁那个情绪激动的年轻人，然后推了他一把。年轻人本能地把脚往后撤了一步，却发现脚底已经落空了，于是没等他反应过来，人就从 30 英尺高的码头上掉了下来，经过一个还算优美的回旋转身，扑通一声，掉入了哈德逊河里。

人群里发出一声惊叫，有人连忙冲到了水边，不过就在这时他的头已经露出了水面。他显然水性很好，而那位一手制造了这场“事故”的女士显然也知道这一点。拉格丝这会儿斜倚在码头上，朝着水下的他用手做出一个扩音器的形状：

“四点半来找我吧！”她喊道。

说完，她开心地向他挥手致意，可这个动作却不是这会儿还在水里的这位绅士能轻松回礼的。她调整了一下单片眼镜，傲慢地扫了一眼聚集的围观群众，悠然迈步离开了现场。

2

五条狗、三个女仆和一个法国孤儿被安置在了丽兹酒店的最大套房里，拉格丝躺进热气腾腾的浴缸里，懒洋洋地翻了个身，里面放了草药，散发着香气。她在里面待了一小时了，舒适地睡了一觉。洗完澡，她又接了几个业务电话，一位是女按摩师，一位是美甲师，最后是巴黎的一位理发师，她那头利落的短发正是这位理发师的得意之作。当约翰·M. 切斯特纳特先生四点钟到酒店的时候，他发现已经有六位律师和银行家，以及马丁·琼斯信托基金的管理人员，都在大厅里等着了。他们从一点半开始就已经等在那里，现在每个人都处于相当烦躁的状态。

约翰经过了一个女仆对他的严格察看，大概是为了确认他身上已完全干透了，然后他立刻被带到了大小姐面前。大小姐此刻正躺在她卧室的躺椅里，躺椅上堆了大约有二十只丝质枕头，她就惬意地躺在其中。约翰有些僵硬地走进房间，向她颇为正式地鞠躬致意。

“你看起来好多了。”她说着，从枕头中直起身来，以一种品评的眼光打量着他，“看来游泳能让你气色不错啊。”

他冷淡地感谢了她的恭维。

“你应该每天早上去游游泳，”然后她跳脱地补充了一句，“我明天就要回巴黎了。”

约翰倒抽了一口冷气。

“我写信告诉过你，我无论如何都不打算待超过一周的。”她补充说。

“但是，拉格丝——”

“我为什么要待在这儿？纽约没有一个有趣的男人。”

“但是听着，拉格丝，你就不能给我一个机会吗？你就不能留下，比如说，十天吗?! 这样你至少能对我有一点儿了解。”

“了解你?!”她的语气暗示着他已经是一本翻了太多遍的书了，“我想要的是一个英勇无畏的男人。”

“你是说你想让我完全用哑剧来表达自己吗？”

拉格丝厌恶地叹了口气。

“我是说，你没有任何想象力，”她耐心地解释说，“美国人都没有什么想象力。巴黎是唯一一个文明时代的女性可以自由呼吸的大城市。”

“你一点儿都不再在意我了吗？”

“如果我不在意你，我也就不会横渡大西洋来看你了。但是当我一看到那些船上的美国人，我就知道我无法嫁给任何一个美国人。如果真嫁给了你，我只会讨厌你，约翰，而我唯一能从我们的婚姻中得到的乐趣将会是伤透你的心。”

说完，她开始在枕头堆中间扭动着身体，直到最后整个人几乎要陷在其中消失了。

“我的单片眼镜找不到了。”她解释说。

在丝绸靠枕里搜寻一遍不成功后，她发现了这迷幻的镜片原来正挂在她的脖子后面。

“我是很想谈恋爱的。”她一边继续说，一边把眼镜戴在她孩子气的眼睛上，“去年春天在索伦托，我差点儿跟一个印度王公私奔了，不过，他实在是心机深沉，过于阴暗了，并且我也非常讨厌他的其中一个妻子。”

“别胡说了！”约翰叫道，把脸痛苦地埋进手掌之中。

“行吧，反正我又没嫁给他。”她抗议道，“不过在某种程度上，他也挺富有的。他是英国第三富有的臣民。不过，这么说起来——你有钱吗？”

“没你那么有钱。”

“你看吧。那你能给我什么呢？”

“爱。”

“爱！”她又消失在了那堆靠枕里面，“听我说，约翰。对我而言，生活就是市集上一连排闪闪发光的铺子，每个铺子前，都有一个双手合十的商人在招呼说，‘欢迎光临，我这儿有全世界最好的东西’。所以我带着装满了美貌、金钱和青春的钱包走进去，准备好了要买点儿什么。我问他：‘你有什么可卖的？’他合掌告诉我：‘好的，小姐，今天我们提供的是一段完美无瑕的爱情。’有时他甚至没有存货，可他发现我有那么多的钱要去花，所以就马上派人去取货。哦，每当我要离开的时候，他总是给我一些爱——那些是免费的。那是我得到的一种报复。”

约翰绝望地站起身来，朝窗户走去。

“别从这儿跳下去。”拉格丝很快喊道。

“好的。”他把烟蒂扔到了下面的麦迪逊大街上。

“其实我也不是针对你，”她换了一种更柔和的声音，“我觉得你挺迟钝的，也没什么灵感，我对你的在意超出了我能表达的部分。可是这里的生活如此无聊，简直是没完没了。一件有意思的事情都没有。”

“有太多事情了啊，”他坚持说，“怎么没有呢，比如就在今天，在霍博肯出了一个高智商谋杀案，而在缅因州，出现了一起由代理人执行的自杀案。一项要遏制不可知论的法案已经提交给了国会……”

“我对这种冷幽默不感兴趣，”她反驳道，“不过，我对于浪漫情怀却有一种过时的偏爱。跟你说，约翰，上个月在我某次晚餐时，有两个男人用掷硬币的方式决定施瓦茨堡－莱茵敏斯特王国的归属。

我还在巴黎认识了一个人，叫布卢奇达克，他发动了一场真正的战争，并且计划明年再发动一场新的战争。”

“行吧，你今晚跟我出去吧，就当是休息一下。”他固执地说。

“能去哪儿呢？”拉格丝不屑地问道，“你觉得夜总会或者一瓶甜慕斯酒还能让我激动吗？我更愿意待在这里做我的美梦。”

“我会带你去一个这城里最让人神经紧张激动的地方。”

“会发生什么？你得先告诉我会发生什么。”

约翰·切斯特纳特突然长长地吸了口气，小心翼翼地环顾了一下四周，好像是害怕他说话被偷听到。

“好吧，告诉你实话，”他用一种低沉而忧心忡忡的语气说，“如果我把所有的事情告诉你，我应该会要倒大霉的。”

她挺直身子坐着，手里的枕头像树叶一样被她翻来翻去。

“你这么说是在暗示你生活中有什么见不得人的事吗？”她大声说，声音中带着笑，“你觉得我会相信吗？不，约翰，你要是想在一条注定会失败的道路上勇往直前，那你就试试看继续往前走吧。”

她的嘴像一小朵傲慢的玫瑰花，她那些话像花刺一般朝他扎去。约翰从椅子上拿起帽子和外套，然后又拾起他的手杖。

“再问你最后一次——今晚你要和我一起去，看看你有可能看到什么吗？”

“看到什么？看谁？这个国家真的有什么值得一看的吗？”

“呃，”他用一种平实的语气说，“至少你应该能见到威尔士亲王。”

“什么？”她一下从躺椅上跳了下来，“他回到纽约了吗？”

“他今晚会回来的。你想要见他吗？”

“我想吗？我从来都没有见过他。我无时无刻不想见到他。为了能和他待一个小时，我愿意少活一年。”她激动得声音都颤抖起来了。

“他到过加拿大。今天下午他会秘密来这里观看拳击大奖赛。我恰巧知道他今晚要去哪儿。”

拉格丝发出一声狂喜的尖叫：

“多米尼克！路易丝！杰尔曼！”

三个女仆跑了过来。房间里顿时一片地板震动，光线频闪。

“多米尼克，备车！”拉格丝用法语喊道，“路易丝，我的金色裙子，还有鞋跟是纯金的那双凉鞋。要大的珍珠——所有的珍珠，卵形钻石，还有镶了圆形蓝宝石的长袜。杰尔曼——去找一个美容师，越快越好。我要再洗一次澡——放半缸冰凉的杏仁乳霜。多米尼克——去蒂芙尼，用闪电速度，在他们关门之前，给我找一枚胸针，一个吊坠，一个小皇冠，诸如此类的任何东西，是什么不重要，只要是有温莎家族的徽章的就行。”

她摸索着衣服上的扣子——当约翰急忙转身要离开时，裙子已从她的肩膀上滑落了下来。

“兰花！”她在他的后面叫道，“兰花，它的花语是天堂之爱！要四打，这样我可以选出四朵来。”

然后，女仆们像受惊的小鸟一样在房间里飞来飞去。“香水，路易丝，打开香水箱，然后是我的玫瑰色貂皮大衣，然后是镶钻吊袜带，还有涂手的香油！这里，把这些都拿上！还有这个……这个……还有这个！”

约翰·切斯特纳特变得谦恭起来，他关上了房间的外门。六个委托人依然在外面的大厅里姿态各异、东倒西歪地等待着，或疲倦、或厌烦、或逆来顺受、或满是绝望。

“先生们，”约翰·切斯特纳特宣布，“我恐怕马丁·琼斯小姐今天下午太累了，没法跟各位谈话了。”

3

“这个地方叫‘天空之窗’，也没什么特别的原因。”

拉格丝环顾四周。他们在一个屋顶花园里，花园的顶部向着四月的夜幕敞开。头顶的星星冷冷地眨着眼睛，在黑暗的西边天空挂着犹如银色冰块一般的月亮。可是他们所站的地方，却像六月一样温暖，情侣们正在不透明的玻璃地板上用餐或者跳舞，并不关心那令人望而生畏的天空。

“怎么会这么暖和呢？”当他们走向一张桌子时，她低声说。

“这是一项新发明，它能阻止热空气上升。我不知道它的原理，不过，我知道即使在隆冬时间，它们也可以这样露天地开着。”

“威尔士亲王在哪里呢？”她紧张地问道。

约翰环顾四周。

“他还没到。他大概半小时之内还不会到。”

她深深地叹了口气。

“这是我四年以来第一次觉得兴奋。”

四年——仅仅比他爱她的时间少了一年。他有些好奇，如果在她十六岁的时候，肆意而可爱的十六岁，整夜与那些第二天就要前往布雷斯特的军官们坐在餐馆里，在那些旧日的、悲伤的、辛酸的战时岁月里，过早失去了生活的魔力，她是否还会像现在这样，在琥珀色的灯光和深色天空之下如此地可爱。无论是她兴奋的双眼，还是层层真金白银装饰的细细的高跟凉鞋，她看起来就像那种在玻璃瓶子里雕刻完整的神奇的船。她就是那么被雕琢完成的，如此精致，又如此悉心；就仿佛某位技艺精湛的工艺品工匠用尽其漫长一生的心血才将她雕琢成这般模样。约翰·切斯特纳特想把她捧在手心里，将她翻过来转过去地看，检查一下她的鞋尖、耳梢，或是眯起眼睛仔细看看到底是什么精灵般的材料做成了她的那副睫毛。

“那是谁？”她突然指着对面桌子上一个英俊的拉丁裔男性。

“那是罗德里戈·米内利诺，他是个电影明星，代言护肤品广告。也许过一会儿他会跳舞。”

拉格丝突然意识到了小提琴和鼓的声音，但音乐好像是从很远的地方传来的，从清凉的夜空飘落到了地板上，犹如缥缈无垠的梦境一样。

“管弦乐队在另一层楼顶上，”约翰解释说，“这是一个新主意——看，娱乐表演要开始了。”

一个瘦若苇秆的黑人女孩，忽然从一个掩藏的出口走进了一圈刺目而野蛮的灯光之中，音乐如同受到惊吓一般，转为了一段狂野的小调，女孩开始唱出一首有节奏感的悲剧歌曲。她的嗓子突然破了音，接着她的节奏变得缓慢却没有停下来，于是既没有前进，也没有希望，就好像某个野蛮而贫乏的梦完全失败了一样。她现在失去了“杰克爸爸”的音乐，只有带着那种歇斯底里的单调哭喊一遍又一遍，听起来绝望却又绝不妥协。响亮的号角试图把她从那有节奏的疯狂里面逼出来，可她只听鼓的低音，那声音把她隔离在了被时间遗忘了上千年的某处。继短笛也失败之后，她把自己变成了一条棕色的细线，尖厉而惨不忍睹地哀号了一次之后，就消失在了突如其来的黑暗之中。

“如果你住在纽约，就不需要别人告诉你她是谁了。”当琥珀色的灯亮起时，约翰说，“下一个家伙是谢赫·史密斯，一个荒唐而唠唠叨叨的喜剧演员——”

他突然停住了。就在灯光因为第二段节目而熄灭的时候，拉格丝长长地叹了口气，紧张地靠在椅子上，她的目光坚定，好像一只猎犬的眼睛，约翰看到她正盯着从一个侧门进来的一群人，半明半暗之中，这些人围着一张桌子坐了下来。

那张桌子被棕榈叶子遮掩着，拉格丝一开始只认出了三个模糊的身影。接着她认出了第四个似乎被掩护在另外三人后面的人——他肤色苍白，椭圆形的脸庞，头发是闪耀的深黄色。

“嘿！”约翰说，“亲王殿下来了。”

那一刹那，她的呼吸似乎卡在了喉咙里，她模模糊糊地意识到那个喜剧演员现在正站在舞池的白光之中，并且他已经讲了好一会儿了，而且空气中持续回荡着笑声。可是她的目光却没有移动过，被迷住了。她看到那伙人中的其中一个弯下了腰，对另一个低声耳语，接着，只见火柴微光一闪，香烟在昏暗的背景里闪烁着火光。她不知道她这样一动不动地看了多久。随后，似乎有什么进入了她的视线，似乎是白色的、极为紧急的什么东西，她猛地回过神来，发现自己正被头顶的一束聚光灯直直地照在身上。她开始意识到，有人正从某处对她在讲话，并且有笑声在屋顶附近回荡，可灯光太亮了，她睁不开眼，什么都看不见，只能本能地在椅子上挪了挪半边身体。

“坐着别动！”约翰从桌子对面低声对她说，“他每天晚上会挑个人来做这个。”

然后她意识到了——是那个喜剧演员，谢赫·史密斯。他在和她说话，和她争论——争论的似乎是某件所有人都觉得非常有趣的事情，可她只能听到一片模糊的声响。在第一次受到强光的惊吓时，她就本能地让脸上的表情平静下来，现在她微笑起来。这种泰然自若的自控能力，可是非常罕见的。通过这个微笑，她巧妙而迂回地暗示了一种无比冷静客观的不为所动，仿佛她根本没有意识到灯光，也没有意识到谢赫·史密斯想要拿她的可爱来使大众取乐的企图——相反她被这样一个与她相差十万八千里的人给逗乐了，他远到或许他离月球更近一些，他远到他的飞镖能同样成功地发射到月球上面。

她可不是什么“淑女”——如果是淑女，那就得表现得刻薄尖锐，或者自哀自怜，或者荒唐可笑；可拉格丝极度清醒地意识到，她的美是纯粹的、丝毫不受外界影响的，因此她就坐在那里闪耀光芒，直到那个喜剧演员开始感到孤独，而此前他可从未感到过孤独。随着他发出一个信号，聚光灯突然熄灭了。这一幕结束了。

谢幕之后，喜剧演员离开了舞池，远处的音乐又响了起来。约翰向她靠了过来。

“对不起，真的没什么可做的。你真是太棒了。”

她对此漫不经心地付之一笑——然后她突然一惊，现在只有两个人坐在对面那张桌子旁了。

“他离开了！”她急忙惊叫起来。

“别担心——他会回来的。你看，他肯定是要非常小心的，你看，所以他很可能会和他的一个随从在外面等到灯光变暗了再进来吧。”

“他为什么要如此小心？”

“因为没人知道他在纽约。他甚至都没有用过真名。”

灯光又暗了下来，几乎同时，只见一个高个子男人从黑暗处走了出来，走近了他们的桌子。

“允许我做个自我介绍吗？”他用一种傲慢的英国腔对约翰快速地说着，“鄙人查尔斯·埃斯特勋爵，跟马奇班克斯男爵坐一块儿的。”他瞥了约翰一眼，似乎为了确信他明白了这个名字的重要性。

约翰点了点头。

“这件事只能你知我知，你明白的。”查尔斯·埃斯特勋爵接着说。

“当然。”约翰回答道。

拉格丝在桌上摸到了一杯还没碰过的香槟，然后一饮而尽。

“马奇班克斯男爵邀请你的女伴在接下来的演出期间到他们那边去坐一坐。”

两个男人都看向了拉格丝。时间仿佛停顿了一下。

“好啊。”她说，然后转过头用疑问的目光看向约翰。他又一次点了点头。她站起身来，心狂跳着，穿过了一排桌子，绕了房间大半圈。然后，这个金光闪闪的苗条身影，融化进了那边桌子的半明半暗之中。

4

演出节目已接近尾声，约翰·切斯特纳特独自坐在桌旁，不停晃动着他那杯香槟酒里的气泡。就在灯光再次亮起之前，一抹柔软的金色闪过，拉格丝脸色通红，呼吸急促，坐回到了她的椅子上。她的眼里闪烁着泪花。

约翰忧郁不快地看着她。

“怎么了，他说了什么吗？”

“他非常安静。”

“他难道一句话都没说吗？”

她拿起一杯香槟酒，手却在抖。

“周围很黑，他只是看了看我。然后他说了些平常的话。他的确很像他的照片，只是他看起来很无聊，很疲惫。他甚至没有问我的名字。”

“他今晚就要离开纽约吗？”

“半小时之内。他和他的随从在外面有一辆车等着，他们期待黎明之前就能穿过边界。”

“你觉得他——迷人吗？”

她犹豫了一下，然后慢慢地点了点头。

“大家都是这么说的，”约翰忧郁地承认说，“他们还想让你回去吗？”

“我不知道。”她茫然地望向另一边，而那位大人物现在又从他的桌子上退了出去，到外面某处去了。当她转过身来，一个完全陌生的年轻人——他刚才在大门口站了好一会儿——急匆匆地向他们走来。他脸色苍白如纸，头发乱蓬蓬的，穿着一件不合身的皱皱巴巴的工作服，然后把颤抖着的手按在了约翰·切斯特纳特的肩膀上。

“蒙特！”约翰惊叫着一下子跳了起来，把香槟也打翻了，“怎么回事？这是什么情况？”

“他们找到了你的行踪！”年轻人颤抖着低声说。他环顾四周，“我得跟你单独谈谈。”

约翰·切斯特纳特跳了起来，拉格丝注意到他的脸色也变了，白得像手里的纸巾。他为自己辩解着，他们退到了几英尺外的一个空桌子那边。拉格丝好奇地看了他们一会儿，然后她又开始望向屋子对面那张桌子。会有人让她过去吗？亲王只是站起来，鞠了个躬，就走了出去。也许她本该等到他回来的，不过尽管她由于刚才的兴奋而仍很紧张，但在某种程度上，她现在已经又变回了贫儿马丁·琼斯。她的好奇心得到了满足——任何她感觉到的新鲜动力，肯定是来自他的。她想知道她是否确实感受到他的一种内在的魅力——她尤其想知道，她的美貌是否会令他想要有所行动。

那个脸色苍白的叫蒙特的人不见了，约翰回了到桌边。拉格丝吃惊地发现，他身上发生了某种巨大的变化。他蹒跚着走过来，像个醉汉一样瘫在了椅子上。

“约翰！出什么事了？”

他没有回答，而是伸手去拿香槟酒瓶，但他的手指在颤抖，以至于溅起的酒在他酒杯周围形成了一圈湿漉漉的黄色酒渍。

“你生病了？”

“拉格丝，”他有点儿恍惚地说，“我完蛋了。”

“你什么意思？”

“我告诉你，我完蛋了。”他勉强挤出了一点儿病态的笑容，“就在一个多小时前他们签发了我的缉捕令。”

“你做了什么？”她惊恐地问道，“为什么会有缉捕令？”

下一个节目要开始了，灯又熄灭了，他突然扑倒在桌子上。

“到底是怎么回事？”她坚持向他询问，但也越来越担心。她不得不把身子向前探——因为几乎听不到他的回答。

“谋杀？”她能感觉到自己的身体变得寒冷如冰。

他点了点头。她抓住他的双臂，想把他扶起来，就像一个人在拎起一件外套那样。他被摇得有些头晕目眩。

“这是真的吗？他们已经有证据了吗？”

他又醉醺醺地点点头。

“那你现在就得离开这个国家！你明白吗，约翰？在他们来找你之前，你得现在就出去！”

他惶恐不安地望向门口。

“哦，我的天哪！”拉格丝喊道，“你为什么不做点儿什么呢？”她的眼睛绝望地来回转着，突然，她有了主意。她深吸了一口气，稍作犹豫，便急促地对他耳语说：

“如果由我来安排一切，你今晚去加拿大，怎么样？”

“怎么去？”

“我会来安排的——如果你能振作一点儿的话。这是我，拉格丝在和你说话，你明白吗，约翰？我要你坐在这里，在我回来之前，你不要动！”

一分钟后，她在黑暗的掩护下穿过了房间。

“马奇班克斯男爵。”她站在他的椅子后面轻声说。

他示意她坐下。

“今天晚上您的车里还有地方再坐下两名乘客吗？”

一个随从突然转过身来。

“男爵的车已经满了。”他很快说。

“这是极为紧急的事情。”她的声音颤抖着。

“呃，”亲王犹豫地说，“我不知道。”

查尔斯·埃斯特勋爵看着亲王，摇了摇头。

“我认为这会是不明智的。无论如何，这肯定是一件棘手的事，毕竟违反了家里的命令。你知道我们说好了不惹什么麻烦的。”

亲王皱了皱眉。

“但这不是一个麻烦。”他反对道。

埃斯特勋爵坦率地转向拉格丝：“什么事，为什么紧急？”

拉格丝犹豫了一下。

“为什么——”她突然脸一红，“因为这是一场私奔。”

亲王笑了。

“很好！”他叫道，“那就这么定了。埃斯特勋爵只是公事公办。你把他带过来吧，就现在。我们很快就要走了，怎么了？”

埃斯特勋爵看了看手表。

“现在就要走！”

拉格丝急忙跑了起来。她想趁着灯还没有亮，带着约翰跟上亲王他们立刻离开。

“快！”她在约翰耳边喊道，“我们要越过边境——跟威尔士亲王一起。明天早上你就安全了。”

他抬起头来，用茫然的眼神盯着她。她急忙结了账，抓住他的胳膊，尽可能不引人注意地把他拉到对面那桌子上，她用了一个词介绍了他。亲王借由握手认可了他的到来——随从们点了点头，不过隐隐掩饰了他们的不满。

“我们最好就现在吧。”埃斯特勋爵说，不耐烦地看着他的表。

当他们刚站起来，便突然发出一声惊叫——只见两个警察和一个穿便衣的红发男子从大门口走了进来。

“我们出去吧，”埃斯特勋爵喘着气，把一行人推向了侧门。“这里肯定会有骚乱的。”他笃定说道——又来了两个穿蓝外套的把出口给堵住了。他们有些犹豫不定地停了下来。便衣男子开始对桌上的人仔细排查起来。

埃斯特勋爵眼光如炬，看了看拉格丝，又看了看约翰，约翰溜回到了棕榈叶的后面。

“那是你的伙伴吗？”埃斯特问道。

“不，”拉格丝低声说，“应该会有麻烦吧。我们不能从出口出去吗？”

亲王又坐回椅子上，变得越来越不耐烦。

“你们准备好了就告诉我，”他冲着拉格丝笑了笑，“现在不妨假定我们其实是因为你美丽的脸庞而遇到了麻烦吧。”

突然间，灯亮了起来，便衣男子飞快地转过身来，跳到了舞台地板的中央。

“任何人别想离开这个房间！”他喊道，“都坐下，还有棕榈叶子后面的那一桌！约翰·M. 切斯特纳特在这个房间里吗？”

拉格丝不由自主地叫了一声。

“在这儿！”警察身后的侦探对着他喊道，“看那边那群有趣的家伙。举起手来，你们这些人！”

“我的天哪！”埃斯特勋爵轻声说，“咱们一定得离开这里！”他转过身去看了看亲王。“这可不行，泰德。你可不能在这儿被人看到啊。你们赶紧去车上，我来给你们打掩护。”

他朝向侧门走了一步。

“举起手来，那个人！”便衣警察喊道，“当我说举起手来的时候，我没开玩笑！你们谁是切斯特纳特？”

“你疯了吧！”埃斯特勋爵喊道，“我们是英国臣民，我们跟这件事没有任何关系！”

一个女人在某处尖叫起来，然后人群开始纷纷向着电梯移动起来，不过在两声短促的枪响之后，人群的移动停了下来。拉格丝身旁的一个女孩昏倒在地，不省人事。几乎就在同一时刻，另一边屋顶的音乐开始响了起来。

“把音乐停下来！”便衣男子吼道，“给我好好收拾一下那堆人——快！”

两个警察向亲王这桌人走了过来，与此同时，埃斯特勋爵和其他的随从几乎同时拔出了左轮手枪，他们要尽全力保护亲王。一声枪响，接着又是一声，紧接着是银器和瓷器破碎的声音，五六个客人掀起桌子，迅速地躲到后面。

所有人都开始恐慌。只听又是三声枪响，然后是一连串枪炮齐射。拉格丝看到埃斯特勋爵冷静地对着屋顶上的八盏琥珀灯逐个射击，浓烟开始弥漫在空气中。远处爵士乐仍然不绝于耳，眼前人们却惊慌地尖叫着，这真是一种奇怪的氛围。

过了一会儿，一切都结束了。一声尖厉的哨声响彻屋顶，然后穿过烟雾，拉格丝看到约翰·切斯特纳特朝便衣警察走去，他高举着双手，做出投降的表示。最后又听到一声紧张的喊叫，有人不小心踢碎了一堆盘子，传来一阵尖厉得让人打寒战的声音。然后，屋顶上一片死寂，连乐队似乎都销声匿迹了。

“一切都结束了！”约翰·切斯特纳特的声音在夜空里肆意地响起，“派对结束了，现在想回家的人都可以回家了！”

依旧是一片静寂——拉格丝知道，这是因为恐惧——极度的负疚感已经把约翰逼疯了。

“这是一场伟大的表演，”他大喊道，“我要向你们每个人表示感谢。如果你们能找到任何一张还没倒的桌子，香槟会为想要留下来的人无限量提供。”

拉格丝似乎觉得屋顶和高空的星星都突然地旋转了起来，她看见约翰与侦探热情地握手，她看着侦探咧嘴一笑，把枪装进了口袋。音乐又响了起来，刚才她身旁晕倒的那个女孩突然跟查尔斯·埃斯特勋爵在花园的一角跳起舞来。约翰跑来跑去，拍着每个人的背，笑着与他们握手。然后，他朝她走了过来，一脸天真无辜的样子，像是一个孩子。

“是不是太棒了？”他喊道。

拉格丝感到一阵头昏脑涨，全身发软。她的手向后摸着，扶住了一把椅子。

“这是什么？”她茫然地叫道，“我是在做梦吗？”

“当然不是！你清醒着呢。这是我编的啊，拉格丝，你还没明白吗？是我排演的这一切，都是为了你啊。我发明的啊！刚才的一切都是假的，唯一真实的是我的名字！”

她一下子向他倒了过去，抓住了他大衣的领子，要不是他手疾眼快把她搂在了怀里，她就倒向地板了。

“来点香槟——快！”他叫了一声，然后对站在旁边的威尔士亲王大喊，“你，快叫我的车来！马丁·琼斯小姐兴奋得晕倒了。”

5

这座摩天大楼巍峨矗立在纽约市中心，从第三十层窗户向上，它逐渐变细，像一根优雅的闪耀着白光的棒棒糖的形状。而再向上一百英尺，它削尖成了一座长方形的塔，塔尖顶端指向的是对天空的终极渴望。马丁·琼斯站在大楼最顶层的窗户旁边，迎着凛冽的微风，向下凝望着整座城市。

“切斯特纳特先生想知道，您现在是否愿意去他的私人办公室。”

她顺从地挪动了她那纤细的双脚，沿着地毯，走到了一个华丽而凉爽的房间里，从这儿可以俯瞰港口全景以及远处广阔的海面。

约翰·切斯特纳特坐在办公桌前，等待着，拉格丝走近他，伸出双臂放在他的肩膀上。

“你确定你是真实的吗？”她焦虑地问，“你百分之百能保证吗？”

“你来之前的一周才给我写信，”他谦和地抗议说，“不然我可以给你安排一场革命出来。”

“你做全部这一切都是为了我吗？”她问道，“一件完全无用的、华丽的事情，就是为了我？”

“无用吗？”他考虑着，“好吧，开始的确是这样的。在最后一刻我邀请了那个餐厅的大个子进来，当你在另一张桌子的时候，我把整个有关夜总会的想法兜售给了他。”

他看了看手表。

“我还得再做一件事——然后我们就有时间在午餐前去把婚结了，”他拿起电话，“杰克逊？……帮我给巴黎、柏林、布达佩斯发一封一式三份的电报，把那两个抛硬币决定施瓦茨堡－莱茵敏斯特公国归属的冒名顶替的假公爵给我驱逐到波兰边境去。如果荷兰佬不配合，把汇率下调0.02个百分点。还有，那个白痴布卢奇达克又跑到巴尔干半岛了，想要发动一场新的战争。把他立即押送到纽约来，要不然，就找个希腊的监狱把他关起来。”

他挂断了电话，笑着转向身旁这位受惊的世界公民。

“咱们下一站是市政厅。当然，之后如果你愿意的话，我们就开车去巴黎。”

“约翰，”她认真地问，“威尔士亲王是谁？”

他没说话，一直等他们进了电梯，一口气下了二十层楼。然后他才把身子略微前倾，轻轻拍了一下电梯间男孩的肩膀。

“别那么快，塞德里克。这位女士不习惯从高处掉下来。”

电梯间男孩转过身来，微笑着。他脸色苍白，椭圆形的面庞，一头亮黄色的头发。拉格丝脸一下子变得通红。

“塞德里克，来自威塞克斯，”约翰解释道，“至少可以说，能长得如此相似，真是太神奇了。亲王们不总是特别谨慎，而且我怀疑塞德里克是个左撇子，有可能是教皇党。”

拉格丝从她脖子上取下单片眼镜，把眼镜丝带挂在了塞德里克的脖子上。

“谢谢你，”她简短地说，“为了我生命中的第二大激动时刻。”

约翰·切斯特纳特开始摆出了双手合十的样子。

“来光顾我们这儿吧，女士，”他恳求她，“我们是城里最好的店铺！”

“你有什么要卖的？”

“好吧，小姐，我们今天特供的是一段完美无瑕的爱情。”

“给我包起来，老板，我都要了，”贫儿马丁·琼斯喊道，“这笔买卖在我看来很划算。”

The Adjuster

调停者

1

下午五点钟，丽兹饭店的蛋形餐厅灯光昏暗，冰块“扑通扑通”一块接一块地放入玻璃杯中，清脆的撞击声如同轻柔的旋律回荡不息。席间飞舞的银制托盘上，闪闪发亮的茶壶和奶油壶“叮叮叮叮”地优雅相碰，如同一个个轻巧的吻。有人特别珍爱日暮西沉这段琥珀色的时光。现在，住在丽兹酒店里如花朵般娇嫩的女士们从忙碌的苍白中恢复了过来，为一天剩余的时光又装扮了起来。

在某个春日午后，当你环视着微微隆起的马蹄形阳台时，你可能会看到年轻的阿尔方斯·卡尔太太和年轻的查尔斯·汉普太太坐在一张双人桌旁。穿礼服的是汉普太太。礼服指的是她身穿的那件黑色长裙，装饰着大纽扣，肩上披挂着红色的披肩。这件礼服就像法国红衣主教的装扮，但是带着隐约而时髦的不敬的味道。加上它本来就是巴黎和平街时装店的作品，这不敬就算是坐实了。卡尔太太和汉普太太都是 23 岁，不喜欢她们的人在背后嚼舌根，说她们处心积虑、攀了高枝。她们俩都可能有豪华轿车在酒店门口等着，但两人都宁愿穿过四月的暮色（沿着公园大道）步行回家。

卢埃拉·汉普个子很高，有着英国乡村女孩少有的亚麻色头发。她的皮肤光滑润泽，根本用不着涂脂抹粉。但在 1920 年，她按照一种过时的时尚，在脸上扑上了玫瑰色的香粉，又描画出了新的嘴和新的眉毛，她得偿所愿地表明了她在打扮自己。当然，这是从1925年的视角来说的。在1920年的时候，她的所作所为是完全正确的。

“我结婚三年了，”她边说边在一个挤干的柠檬上把香烟按灭。“孩子明天就两岁了。我一定要记得……”

她从小手提箱里拿出一支金铅笔，在一个象牙白的记事本上写上了“蜡烛”“可以从纸帽子拉扯的东西”。然后，她抬起眼睛，看着卡尔太太，犹豫了一下。

“我能告诉你一些离谱的事吗？”

“当然。”卡尔太太高兴地说。

“连我自己的孩子都让我厌烦。我知道这听起来很不自然，埃德，但这是真的。他无法让我的生活变得充实。我全心全意地爱他，但如果要我照顾他一个下午的话，我会紧张得只想尖叫的。只要我跟他待上两个小时，我就会开始祈盼保姆走进门、领走他的那一刻。”

这番自白令卢埃拉呼吸急促，目不转睛地盯着她的朋友。她一点儿也不觉得这些情绪与想法不自然。这都是事实真相。真相中不可能有什么邪恶的东西。

“可能是因为你不够爱查尔斯。”卡尔太太大胆地、不为所动地说。

“但我爱他！我希望这次谈话没有给你我不爱查尔斯的印象。”此刻她觉得埃德·卡尔很愚蠢，“正是因为我爱查尔斯，事情才会变得如此复杂。昨晚我是哭着睡着的，因为我知道我们的婚姻正在慢慢地走向分崩离析，只是孩子把我们拴在了一起。”

结婚五年的埃德·卡尔挑剔地看着她，想知道这是不是只是一种虚张声势，但卢埃拉那双可爱的眼睛既严肃又悲伤。

“出什么事了吗？”埃德问道。

“有些复杂，”卢埃拉皱着眉头说。“首先，是食物。我不是个好管家，我也不想变成一个好管家。我不喜欢采购食品杂货，也不喜欢进厨房、到处看看、检查检查冰柜是否干净，也不喜欢在仆人面前假装我对他们的工作感兴趣。事实上，在食物摆上餐桌之前，我从来都不想考虑它。你看，我从来没有学过做饭，因此厨房对我来说就像锅炉房一样可怕，就像一台我不懂的机器。当然了，你也可以轻松地说，去烹饪学校学吧，就像那些书里的角色所做的那样。但是，埃德，在现实生活中，除了那些不得已的情况，真的有人会自觉自愿地变成贤妻良母吗？”

“你继续说，”埃德不置可否地说，“再多告诉我一点儿吧。”

“好吧，结果，房子里总是乱七八糟的。每周都有仆人离职。我不懂得该如何训练那些年轻又无能的仆人，所以我们只能让她们走了。但是如果她们富有经验，她们就会讨厌我这样一个对芦笋的价格并不感兴趣的女主人，所以她们也会离开。所以我们有一半的时间都是在餐馆和酒店吃的饭。”

“我想查尔斯不喜欢那样。”

“他讨厌在外面吃饭。事实上，他讨厌我喜欢的一切。他对戏剧不冷不热，他讨厌歌剧，讨厌跳舞，讨厌鸡尾酒会，有时我觉得他讨厌世界上一切令人愉快的事。我在家枯坐了一年左右，那时候我生了查克，也需要照顾他，我并不介意。但今年我坦率地告诉查尔斯，我还年轻，想找点儿乐子。从那以后，不管他愿不愿意，我们都要外出活动。”她停了下来，沉思着。“我真的很对不起他，我不知道该怎么办，但是如果我们坐在家里，我只会觉得对不起我自己。告诉你另一件事，我宁愿他不快乐，也不愿我自己不快乐。”

卢埃拉与其说是在表达，不如说是在大声地思考。她认为自己很公正。在她结婚之前，男人们总是告诉她，她是一个公正果敢的人，她也试着把这种公正果敢带入她的婚姻生活中。所以她总是会清晰而公正地考虑查尔斯的观点和她自己的观点。

如果她是一位先锋而前卫的妻子，她可能会和丈夫共创事业、并肩战斗。但在纽约这里，并没有什么争斗可言。他们并不需要为了获得一种遥远的安宁和悠闲而一起奋斗，她拥有的一切都超出了她所需要的范围。卢埃拉和纽约数千名年轻的妻子一样，诚心诚意地想做点什么。如果她多一点儿钱，少一点儿爱，她就可以去骑马，或者去寻欢作乐了。或者如果他们的钱少一点儿，她多余的精力就会投注在希望甚至努力上面。但查尔斯·汉普夫妇不上不下，就卡在中间。他们是美国社会里的一个数量庞大的阶层，每年夏天他们都会去欧洲旅游，对其他国家的风俗、传统和消遣嗤之以鼻而又心向往之，因为他们没有自己的风俗、传统或消遣。这是一个昨天才刚刚从父母一代中脱胎出来的阶层，而他们的父母一代可能还生活在两百年前。

茶点时间突然变成了饭前时间。大部分的桌子都空了，房间里只剩下一些零零散散的声音，那些尖厉的言语、惊人的笑声都变得模糊而遥远。在一个角落里，侍者们已经在桌子上盖上白色桌布准备晚餐了。

“查尔斯和我关系紧张，”在静下来的餐厅里，卢埃拉的声音显得异常清晰，于是她赶忙压低了声音，“还有一些小事。查尔斯总是用手揉脸，吃饭的时候，看戏的时候，甚至在床上睡觉的时候，他都会不停地用手揉脸。”

“这简直要把我搞疯了。在婚姻里，当这样的小事开始激怒你时，你就知道它要结束了。”她停了下来，向后伸了伸手，拉起一条轻柔毛皮围在脖子上。“我希望我没有让你感到厌烦，埃德。这些事我都是放在心里的，只是因为今天晚上才讲到这些。我今晚有个安排，一个有趣的安排，看完戏之后，我要去消夜，去见一些俄罗斯人，歌手或舞者什么的，查尔斯说他不会去。如果他不去，那我就一个人去。就这么定了。”

她突然把胳膊肘放在桌子上，眼睛深深埋在光滑的手套里，固执地、安静地哭了起来。附近没有人经过，也没有人看见，但埃德·卡尔还是希望她把手套摘下来再哭。那样她就可以伸出手去，抚摸着她的手，安慰她。但是手套象征性地阻隔了这样的同情，同情一个已经获得了如此之多的女人。埃德想说“一切都会好起来的”“事情并不像看上去那么糟”，但她什么也没说。她唯一的反应就是不耐烦和厌恶。

一个侍者走近，把一张叠好的纸放在桌上，卡尔太太伸手去拿。

“不，我来，”卢埃拉断断续续地低声说，“让我来，是我约的你！我这里已经准备好钱了。”

2

汉普家的住宅是一片豪华白色宫殿的其中一座，这些宫殿以数字而不是以名字广为人知。他们在蜜月时就把它的装饰材料置办好了，在英国买了大件家具，在佛罗伦萨买了各种小摆件，在威尼斯买了蕾丝、纯亚麻窗帘以及他们玩乐时会摆满桌子的各种颜色的玻璃杯。卢埃拉喜欢在蜜月期间挑选东西。这给蜜月旅行带来了一种有目的的气氛，使它不至于变成通常的欧洲蜜月之旅，那种在大旅馆和荒凉废墟之间徘徊的凄凉旅行。

他们回来后，婚姻生活就开始了，而且是某种宏大豪华的生活。卢埃拉发现自己成了一位富家太太。她有时会惊讶地发现，那套特别设计的公寓和那辆特别设计的豪华轿车都是属于她的，命运就这样毋庸置疑地给予了她，就像命运也有可能给予她《居家好太太报》上那些可以贷款购买的郊区平房和最近几年流行的家用小汽车一样。她更感到惊奇的是，这一切很快就开始使她厌烦。是的，命运也做到了。晚上七点，她从四月的黄昏里走进家门，穿过大厅，看见丈夫在客厅的壁炉前等着，壁炉里燃烧着明亮的炉火。她静静地走了进来，无声无息地关上门，站在那儿，透过那个房间里被营造出的令人愉快的景象，望着丈夫。查尔斯·汉普大约35岁，有着一张年轻严肃的脸庞和一头与众不同的铁灰色头发，十年后它们就会变成白色。他那深沉的灰色眼睛是他脸上最引人注目的地方。女人们总是认为他的发色很浪漫；大多数时候，卢埃拉也这么想。

但是现在，她发现自己有点儿恨他，因为她看到他又把手举到脸上，紧张地在下巴和嘴上揉搓着。这让他看起来不讨人喜欢又魂不守舍，有时甚至会使他说的话也含糊不清，以至于她会不停地问“怎么了”。她连问了好几次，这让他很惊讶，忙不迭地道歉。但显然他没有意识到这举动是多么引人注目、多么恼人，因为他继续这样做。事情现在已经到了一种一触即发的状态，卢埃拉害怕再提起这样的事情——某些话可能会导致即将到来又不可挽回的情境出现。

卢埃拉突然把手套和钱包扔到桌上。听到沉闷的声响，她丈夫朝大厅方向望去。

“是你吗，亲爱的？”

“是的，亲爱的。”

她走进客厅，走进他的怀里，紧张地吻了吻他。查尔斯·汉普以不同寻常的拘谨回应了她的吻，然后慢慢地把她转过身来，使她面向房间的另一边。

“我请了一位朋友来家里吃饭。”

这时她发现房间里还有别人，她的第一感觉是强烈的如释重负；当她伸出手时，她脸上僵硬的表情已经软化成了一个害羞而迷人的微笑。

“这是穆恩医生。这是我的妻子。”一个比她丈夫稍微年长一点儿的男人，走上前来迎上她。他有着一张圆圆的、苍白的、有点儿皱纹的脸。

“晚上好，汉普太太，”他说，“希望我不会打乱了您的任何安排。”

“哦，不，”卢埃拉轻快地叫了一声，“我很高兴您能来吃饭。要不然我们就得孤独地进餐了。”

立刻，她想到了她今晚的安排，好奇这是否是查尔斯为了把她关在家里而设计的笨拙的陷阱。如果是这样的话，那他就选错了人。从这位医生的脸上、沉重而悠闲的声音中，甚至从他那身至少已经穿了三年、已经磨出光泽的旧衣上，穆恩医生只散发出了一种倦怠的平静，令她毫无兴趣。

尽管如此，她还是告了失陪，走进厨房去看看晚餐准备得如何。像往常一样，他们正在试用两个新仆人，她们午餐做得不好，服务也不好，她打算明天就解雇她们。她希望查尔斯能和她们谈解雇的事情，她讨厌做这件事。她们有时会哭泣，有时又会变得无礼，但查尔斯总有他的办法。仆人们总是害怕男人。

然而，炉子上烹调的食物释出了一种美味舒缓的味道。卢埃拉给了一些关于如何使用瓷器的指示，又自作主张地开了一瓶贵重的基安蒂酒。然后她走去儿童房，跟小查克道晚安。

“他今天乖吗？”当小查克热情地爬进她怀里时，她问道。

“很乖，”保姆说。“我们在中央公园边走了很久。”

“真好，你真是个聪明的孩子！”她欣喜地吻了吻他。

“后来他把脚伸进喷泉里，所以，我们马上乘车回了家，换上了干净的小鞋子和袜子。”

“这样很好。等等，查克，来！”卢埃拉解开脖子上的黄色大珠子项链递给了他。“你不能打碎妈妈的珠子哦。”她转向保姆，“等他睡着后，把它们放在我的梳妆台上，好吗？”

当她走出儿童房时，她对儿子突然产生了一种同情，他过着封闭的小生活，除了大家庭以外，所有的孩子都过着封闭的小生活。他是一朵可爱的小玫瑰，除了在她照顾他的时候。他有一张和她一样的脸，这让她有时很激动；当把他抱在怀里，感受他的心和自己的心一同跳动时，她对生活又会产生新的信心。

回到她那粉色可爱的卧室里，她把注意力集中在了自己的脸上。她重新洗了脸，又扑上了香粉，补上了妆容。穆恩医生还不值得她换上礼服。卢埃拉发现自己异常疲倦，尽管她一整天几乎没做什么。她回到起居室，他们已经在进餐了。

“好漂亮的房子，汉普太太，”穆恩医生例行公事地说着，“我也祝贺您，拥有这么一个好孩子。”

“谢谢。这话从医生口中说出，真是一个很好的恭维。”她犹豫了一下：“您专攻儿科吗？”“我不专攻任何一科，”他说，“我应该算是最后一个全科医生了。”

“无论如何，是最后一个在纽约的全科医生。”查尔斯说。他又开始紧张地揉着脸，卢埃拉盯着穆恩医生，这样她就眼不见心不烦。

但在接下来的几句对话中，她不由得回过头来严厉地看着他。

“事实上，”他出乎意料地说，“我邀请穆恩医生来这里，是因为我想让你今晚和他谈谈。”

卢埃拉在椅子上坐直了起来。

“跟我谈谈？”

“穆恩医生是我的老朋友了，我想他能告诉你一些事情，卢埃拉，你应该知道的。”“知道什么？”她努力保持微笑，但她很惊讶、也很恼火，“确切地说，我完全不明白，你是什么意思。我什么事也没有。我这辈子就没感觉这么好过。”

穆恩医生看向查尔斯，请他允许自己说话。查尔斯点了点头，他的手又自动伸向了他的脸。

“您丈夫告诉我了很多关于你们目前不太尽如人意的生活状况，”穆恩医生说，仍然是一副例行公事的样子，“他想知道我是否能帮您理清一些事情。”

卢埃拉的脸涨得通红。

“我对精神分析没有特别的兴趣，”她冷冷地说，“我几乎不认为这与我有关。”

“我也不认为，”穆恩医生回答，显然没有意识到她话里的冷落和斥责，“除了我自己以外，我对任何东西也没有特别的兴趣。我告诉过你我不是专家，也不是追求时髦的人。我也不能保证什么事。”

有一刻，卢埃拉想冲出房间。但是，查尔斯的这项提议的无礼已经引起了她的好奇心。

“我无法想象查尔斯告诉你的是什么，”她说，极力控制着自己，“可能更没有告诉你许多事情的因由了。但我向你保证，我们的事情完全是我丈夫和我之间的事。如果你没有异议的话，穆恩医生，我更愿意讨论一些不那么私人的事情。”

穆恩医生严肃而礼貌地点了点头。他没有再试图打开话题。晚餐在一片沉寂中过去。卢埃拉决定，无论发生什么事，她都会坚持今晚的计划。一小时前，是她的独立性要求她这么做，但现在，是她的自尊要求她必须采取一些挑衅的姿态。她晚饭后会在客厅待一会儿；然后，咖啡来了，她会告退，然后穿衣服出去。但当他们离开餐厅时，查尔斯迅速地、无可争辩地消失了。

“我要写封信，”他说，“我一会儿就回来。”卢埃拉还没来得及象征性地提出反对意见，他就沿着走廊快步走到自己的房间。然后她听见他关上了门。

卢埃拉既生气又困惑，她倒掉了咖啡，坐在沙发的一角，聚精会神地看着炉火。

“别害怕，汉普太太，”穆恩医生突然说，“我也是被迫的。我并非自愿前来。”她打断了他的话：“我不怕你。”但她知道自己在撒谎。她有点儿怕他，哪怕只是他对她的厌恶所表现出的迟钝和麻木不仁都令她有些害怕。

“告诉我你的困扰。”他很自然地说，好像她也不是自愿前来似的。他甚至都没看她一眼。房间里只有他们，但他似乎根本就没在跟她说话。

卢埃拉要说的话就在她的头脑里，在她的嘴唇上：“我不会做这种事情。”但是她实际说出的话却使她吃惊。那是她自发地说出来的，显然她背叛了她自己。

“你没看见他吃饭时揉脸吗？”她绝望地说，“你瞎了吗？他令我如此恼火，我想我快要发疯了。”

“我明白。”穆恩医生的圆脸上下摆动。

“你看不出我受够了这个家吗？”她的胸部剧烈起伏，似乎在衣服下面挣扎着呼吸空气。“你不知道我对家务活儿、对孩子有多厌烦吗？这日子什么时候是个头啊？我想要刺激，我不在乎是什么形式的刺激，也不在乎我为此付出什么代价，只要它能让我感觉到心跳。”

“我明白。”

穆恩先生表达的理解让卢埃拉更加愤怒。她的蔑视之情达到了无以复加的程度，她宁愿没有人能理解。她满足于为自己热情洋溢的真诚愿望辩护。

“我试过做个好人，但我不会再做了。如果你觉得我是那种平白毁了自己生活的女人，那我现在就会去做。你可以说我自私或愚蠢，这是完全正确的；但五分钟后我就要走出这所房子，开始新的生活。”这一次穆恩医生没有回答，但他抬起头来，好像在听远处发生的其他事情。

“你不会出去的，”过了一会儿他说，“我很肯定你不会出去的。”

卢埃拉笑了。

“我会出去的。”

他不置可否。

“你看，汉普太太，你丈夫身体不好。他一直在努力像你那样生活，但对他来说压力太大了。当他揉嘴的时候……”

走廊里传来轻快的脚步声，女仆脸上带着惊恐的表情，踮着脚尖走进房间。

“汉普夫人。”

卢埃拉被突然的打断吓了一跳，赶紧转过身来。

“什么事？”

“我能和你说话吗？”她稍作努力，把恐惧暂时压抑了下去，“汉普先生，他病了！他刚才走进厨房，把所有的食物都从冰箱里扔了出去，现在他在房间里，边哭边唱歌。”卢埃拉突然听到了他的声音。

3

查尔斯·汉普精神崩溃了。二十年来，他几乎日夜辛劳工作，最近家里的压力太大了，他终于无法承受。他对妻子的感情成了他的软肋，尽管他本来意志坚强，并且拥有井井有条的职业生涯。他知道她极其自私，但这只是人际关系里诸多缺陷之一，而且女性的自私对许多男性来说具有不可抗拒的吸引力。卢埃拉的自私与她稚嫩的美貌并存，因此，查尔斯·汉普开始自责，认为是自己造成了目前的情况。这是一种不健康的态度，他的头脑随着他企图把自己置于错误的境地而最终病了。在经历了初时的震惊和随之而来的短暂同情之后，卢埃拉变得不耐烦了。但她是一个公正果断的人，她不能在查尔斯生病时落井下石。

她的自由问题不得不推迟到他康复之后再讨论了。正当她决心不再做妻子的时候，卢埃拉被迫做了一名护士。她坐在他的床边，他神志不清地谈论着她，谈论着他们订婚的日子，谈论着一个朋友当时是如何告诉他他犯了一个错误，谈论着他们结婚头几个月的幸福，以及他在婚姻破裂时越来越不安。显然，他比她想得多，他想的也比他说的要多。

“卢埃拉！”他会斜倚在床上，喊道，“卢埃拉！你在哪儿？”

“我就在这里，查尔斯，我在你身边。”她努力使自己的声音欢快而温暖。

“如果你想走，卢埃拉，你就走吧。我再也配不上你了。”

她温和地否认着。

“我想了想，卢埃拉，我不能因为你而毁了我的健康。”紧接着，他又会激动地喊道，“别走，卢埃拉，看在上帝的份儿上，不要离开我！答应我你不会的！只要你不走，你说什么我都愿意做。”

他的卑微最使她感到恼火；他是个沉默寡言的人，她以前从来没有想到他是如此卑微地爱着她。

“我离开一分钟。穆恩医生来了，你的朋友，查尔斯。他今天来看你，你不记得了吗？他想在走之前和我谈谈。”

“你会回来吗？”他坚持说。

“就一会儿。安静地躺在那儿。”

她抬起他的头，拍松了枕头，让他重新枕上。一位训练有素的新护士明天就到。

穆恩医生正在客厅里等着。他的西装在午后的阳光下显得更破旧。她非常不喜欢他，她没有理由地认为，他在某种程度上应该为她的不幸负责，但她又对他如此感兴趣，无法拒绝见他。她并没有让他去与其他专家会诊，因为他看起来过于邋遢……

“汉普太太。”他走上前，伸出手来，卢埃拉轻轻地、不安地握了握。

“你看起来很好。”他说。

“我很好，谢谢。”

“祝贺你在某种程度上游刃有余了。”

“但我根本没有对任何事情游刃有余，”她冷冷地说，“我只是在做我必须做的事。”

“那就对了。”

她的不耐烦迅速上升。“我只是做了我必须做的，仅此而已！”她继续没好气地说道。

突然，她又向他敞开了心扉，因为那个灾难般的夜晚让她意识到自己正与他建立起亲密的关系。她已经无法克制自己的话了。

“这所房子已经瘫痪了，”她伤心地和盘托出，“我不得不解雇仆人，现在我只有一个女仆在家。孩子感冒了，是我发现的，而不是保姆发现的。一切都乱套了！”

“你能告诉我，你是怎么发现保姆玩忽职守的吗？”

“当你被迫待在家里时，你就会发现各种不愉快的事情。”

他点点头，疲惫的脸在房间里转来转去。

“我感到有些欣慰，”他慢慢地说，“我告诉过你，我不能保证什么；我只会尽我所能。”

卢埃拉吓了一跳，抬头看着他。

“什么意思？”她抗议道，“你什么都没为我做过，什么都还没做过！”

“只是还不够多而已，”他沉重地说，“这需要时间，汉普太太。”

这些话是用一种生硬单调的语气说出来的，不知怎么的，虽然没有冒犯的意思，但卢埃拉觉得他说得太过火了。她站起来了。

“我见过你这种人，”她冷冷地说，“不知道什么原因，你似乎认为你是家里的老朋友。但是我是个慢热的人，我也没有给你这样的特权让你这样——”她想说“无礼”，但这个词却躲开了她——“跟我套近乎。”

穆恩医生离开了，大门在他身后关上，卢埃拉走进厨房，想看看新的女仆是否明白她需要准备三种不同的晚餐，给查尔斯的、给孩子的和给她自己的。当事情如此复杂的时候，一个仆人恐怕是很难处理妥当的。她必须到另一家中介公司去找仆人，现在这家已经令她不太满意了。

令她吃惊的是，她发现她的新厨师戴着帽子，穿着外套，正在厨房桌子旁看报纸。

“怎么了？”卢埃拉试着想新厨师的名字。“发生什么事了吗？呃……”

“我的名字是丹斯基太太。”

“你这是什么情况？”

“我恐怕不能在这里工作，”丹斯基太太说，“你看，我只是一个普通的厨师，我不知道如何为病人准备食物。”

“但我全指望你了。”

“我很抱歉，”她固执地摇摇头，“我也要为自己的健康考虑。我肯定我来的时候他们没有告诉我这是一份什么样的工作。当你让我打扫你丈夫的房间时，我知道这超出了我的能力范围。”

“我不会再让你清理任何东西了，”卢埃拉绝望地说，“请你一定待到明天。今晚我不可能再找到别人了。”

丹斯基太太礼貌地笑了。

“我也有自己的孩子要考虑，就像你一样。”

卢埃拉本想给她更多的钱好让她留下，但她突然怒火中烧。

“我这辈子都没听说过这么自私的话！”她突然爆发了，“在这样的时刻要离开！你这个老蠢货！”

“请你付我工钱，我现在就要走。”丹斯基太太平静地说。

“除非你留下来，否则我一分钱也不给你！”

她立刻为自己说的话感到后悔，但她太骄傲了，绝不会收回威胁的。

“你要付我工钱！”

“从那扇门滚出去！”

“我一拿到钱就走，”丹斯基太太气愤地表示，“我也得考虑我的孩子们。”

卢埃拉急促地吸了口气，向前跨出了一步。丹斯基太太被她的激动吓了一跳，转过身去，咕哝着离开了。

卢埃拉打电话给中介公司，解释说那个女人已经走了。

“你能马上再派给我一个吗？我丈夫病了，孩子也病了。”

“对不起，汉普太太，现在办公室里没有人了，已经过了四点。”

卢埃拉据理力争了一会儿。最后她得到了一个承诺，他们会打电话紧急联系一个人：一个他们认识的女人。但仅此而已，这是他们到明天为止所能做的最多的事了。

她给其他几家机构打了电话，但这个服务行业显然已经停止了运作。给查尔斯喂了药后，她蹑手蹑脚地走进儿童房。

“孩子怎么样了？”她心不在焉地问道。

“37.3摄氏度，”保姆低声说，拿着温度计对着灯照着，“我刚量的。”

“有那么高吗？”卢埃拉皱着眉头问道。

“只有一点儿烧。在下午来说，这不算高的。感冒的时候总是会有点儿烧的。”

卢埃拉走到小床前，把手放在儿子通红的脸颊上，一边焦虑一边不由得想到，他是多么像公共汽车上力士广告里那个可爱的小天使啊。

她转向保姆。

“你会做饭吗？”

“啊？什么？我做得不好。”

“没关系，你今晚能给孩子做点儿什么吗？那个愚蠢的老东西走了，我找不到人，我不知道该怎么办。”

“哦，好吧，我可以给孩子做点儿吃的。”

“太好了。我试着给汉普先生做点儿东西。请把门开着，这样医生来时你就能听到铃声了。他们到了告诉我。”

这么多医生！家里每个小时都会有医生到访。专科医生和家庭医生每天早上到，然后是儿科医生，今天下午又有穆恩医生，那个平静、坚韧但不受欢迎的穆恩医生。卢埃拉走进厨房。她能自己煮培根和鸡蛋，她经常在看戏后给自己做。但是给查尔斯的蔬菜是另一回事，它们必须被煮沸，或者炖烂，或者什么的，而且炉子上有太多门和太多烤箱，她不知道该用哪个不该用哪个。她选了一个看起来很新的蓝色平底锅，把胡萝卜切成片，然后在上面浇上一点儿水。当她把它放在炉子上，试着回忆下一步该做什么时，电话响了。是中介公司。

“是的，我是汉普太太。”

“是这样的，我们派给您的那个女人回来了，声称您拒绝按时长支付她工钱。”

“我向你解释过了，她拒绝留下来，”卢埃拉生气地说，“她没有遵守她的协议，我又有什么义务承担我的呢？”

“我们必须确保我们的员工得到报酬，这是机构告知她们的；否则我们根本帮不了她们，不是吗？很抱歉，汉普太太，在这件小事处理好之前，我们不能再为您提供任何其他人。”

“哦，我付，我付！”她叫喊起来。

“当然，我们希望与客户保持良好的关系。”

“是的，是的！”

“希望您明天把钱汇给她，每小时 75 美分。”

“但是今晚呢？”她叫道，“我今晚就需要一个人。”

“抱歉，现在很晚了。我自己正要回家。”

“但我是查尔斯·汉普夫人！你不明白吗？我言出必行。我是百老汇 14 号的查尔斯·汉普夫人。”同时，她意识到百老汇 14 号的查尔斯·汉普现在只是一个无助的病人，他不再是一个依赖，也不再是一个避难所。世界突然变得冷酷无情，她感到绝望地挂上了听筒。

又在厨房里忙活了十分钟后，她去找了她不喜欢的保姆，承认她不会给丈夫做饭。保姆说她也头痛欲裂，带着一个生病的孩子，她已经分身乏术了，但她无可奈何地同意了向卢埃拉演示应该怎么做。

卢埃拉忍着屈辱，任由保姆指挥，保姆一边用她不熟悉的炉子做实验，一边发牢骚。晚餐很快就准备上了。这时保姆该给查克洗澡了，卢埃拉一个人坐在厨房的桌子旁，听着从锅里冒出来的咕嘟咕嘟水声。

女人每天都要做这些，她想着。成千上万的女人，做饭，照顾病人，有的还要出去工作。

但她并不认为那些女人和她一样，除了都长了两只脚和两只手以外。她说起她们，就像说起戴着鼻环的南太平洋上的岛民一样。她今天只是在自己家里将就一下而已，她并不喜欢这样。对她来说，这只是个可笑的例外。

突然，她感觉到餐厅里有脚步在缓慢移动，然后去了餐具室，之后脚步缓慢地向她走来。她有点儿害怕又是穆恩医生，抬头一看，保姆从餐具室走了出来。卢埃拉突然想到，保姆也有可能生病了。她是对的，保姆刚走到厨房门口，就摇摇晃晃地去够把手，像一只长翅膀的鸟紧紧抓住树枝一样。然后她一言不发地萎缩到了地板上。这时门铃响了；卢埃拉站起来，松了一口气，因为儿科医生来了。

“晕倒了，仅此而已，”他说着，把保姆的头抱到他的膝盖上。保姆紧闭的双眼颤抖着。“是的，她晕倒了，仅此而已。”

“每个人都病了！”卢埃拉带着一种绝望的幽默喊道，“除了我，每个人都病了，医生。”

过了一会儿，他说：“这个人没有生病。她的心跳已经正常了。她只是晕倒了而已。”

当她帮着医生把保姆正在逐渐恢复的身体抬到椅子上后，卢埃拉急忙走进儿童房，俯身看着小查克。她悄悄地放下一边的铁栅栏。烧退了，脸上的潮红也退了。她弯下腰去摸那小脸颊。

突然，卢埃拉尖叫了起来。

4

即使在孩子的葬礼之后，卢埃拉仍然不能相信她已经失去了他。她回到公寓，绕着儿童房转了一圈，念着他的名字。然后，她被悲伤吓坏了，瘫坐在地，盯着画着红鸡的白色摇椅。

“我现在会怎么样？”她低声自言自语，“当我意识到我再也见不到查克时，可怕的事情就会发生在我身上！”

她还不确定。如果她在这里等到天亮，保姆是不是就会把他带回来，他们只是出门散了个步。她想起了一个悲惨的困惑的情景，在这个情景中，有人告诉她查克已经死了，但如果是这样，那为什么他的房间还在这里，他的小刷子和小梳子还在桌上，她又为什么会在这里呢？

“汉普太太。”

她抬起头来。门口矗立着穆恩医生疲惫、寒酸的身影。

“你走开。”卢埃拉迟钝地说。

“你丈夫需要你。”

“我不在乎。”

穆恩医生走进了房间。"我想你不明白，汉普太太。他一直在找你。你现在除了他之外，就没有别人了。"

"我恨你。"她突然说。

"如果你想的话。我无法保证任何事情，你知道的。我已经尽力了。当你接受你的孩子不在了，你再也见不到他了的时候，你会好起来的。"

卢埃拉跳了起来。

"我的孩子没死！"她哭喊道。"你撒谎！你一直在撒谎！"她闪烁的眼睛望着他的眼睛，在那里她看到了一种东西，既残忍又善良，使她感到敬畏，使她变得虚弱和顺从。她绝望地垂下了眼睛。

"好吧，"她疲倦地说，"我的孩子已经不在了。我现在该怎么办？"

"你丈夫已经好多了。他只是需要休息和善意。但你必须去告诉他发生了什么事。"

"我想，你觉得是你让他好起来的。"卢埃拉痛苦地说。

"也许吧。他快要康复了。"

"快要康复了。"将她和这个家联系起来的最后一环断开了。她生命中的这一部分是多余的，她可以从这里切断它，逃离这悲伤和压抑，现在就离开，像风一样自由。

"我马上去找他，"卢埃拉用一种遥远的声音说，"请别再管我。"

穆恩医生不受欢迎的身影消失在大厅的黑暗中。

"我可以走了，"卢埃拉低声对自己说，"生活把自由还给了我，在夺走了我的一切之后。”

她不能再多逗留一分钟，否则生活会再次束缚她，使她再次备受折磨。她打电话给公寓的搬运工，要求把她的箱子从储藏室搬上来。然后，她开始从衣柜里拿东西，尽量拿走类似或者接近她的嫁妆的东西。她甚至发现两件旧衣服已经过时了，而且臀部有点儿紧，她把它们和其他衣服一起扔了进去。新的生活。查尔斯又恢复了健康；她的孩子已经死了，她曾经珍爱过、虽然有点儿厌烦的她的孩子。

收拾好行李后，她下意识地走进厨房，查看晚饭的准备情况。她和厨师谈了查尔斯的特别食物，说她自己要在外面吃饭。忽然她被一个用来给查克煮东西吃的小平底锅吸引了注意力，她一动不动地盯着它看了一会儿。她查看了冰箱，里面的食物干净又新鲜。然后，她走进了一个毫无生气的房间——查尔斯的房间。他坐在床上，护士在读书给他听。他的头发现在几乎已经全白了，全部变成了银白色的，在它们下面，两只巨大的暗淡的眼睛深深嵌在他年轻消瘦的脸上。

“孩子病了？”他用自认为自然的声音问道。

她点点头。

他犹豫了一下，闭上了眼睛。然后问道：

“孩子死了？”

“是的。”

他有很长一段时间默不作声。护士走过来，把手放在他的额头上。两颗硕大的、怪异的眼泪从他的眼睛里涌出。

“我知道孩子死了。”

又是一段漫长的沉默之后，护士说：“医生说他今天可以趁着还有阳光的时候开车出去兜风。他需要换个心情。”

“好的。”

“我觉得，”护士犹豫了一下，“我觉得如果你代替我陪他出去走走的话，也许对你们两个都有好处，汉普太太。”

卢埃拉急忙摇了摇头。

“哦，不，”她说，“今天不行。”

护士奇怪地看着她。带着突然的对查尔斯的怜悯之情，卢埃拉轻轻地弯下了腰，吻了吻他的脸颊。然后，她一言不发地回到自己的房间，戴上帽子并穿上外套，提着手提箱向前门走去。

她立刻看到大厅里有一个影子。如果她能越过那个影子，她就自由了。如果她能走到它的右边或左边，或命令它离开！但是，它固执地一动不动，她轻轻地叫了一声，倒在了大厅的椅子上。

“我以为你走了，”她哭着说，“我叫你走开的。”

“我马上就要走了，”穆恩医生说，“但我不想让你犯老错误。”“我没有犯错，我要把错误抛在脑后。”

“你想逃避你自己，但你做不到。你越是想逃避自己，你就越不可能逃避。”

“但我必须得走，”她疯狂地坚持，“离开这个尽是死亡和失败的房子！你还没有失败过。不过现在你要失败了。”

她站了起来。

“让我过去。”

“不。”

突然，她让步了，就像他跟她说话时一样。她用手捂住脸大哭起来。

“回到那个房间，告诉护士你开车带你丈夫去兜风。”他建议道。

“我做不到。”

“哦，你能做到。”

卢埃拉又看了他一眼，她知道自己会听他的。她确信自己的精神终于崩溃了，于是拿起手提箱，穿过大厅走了回去。

5

卢埃拉怎么也想不明白穆恩医生究竟对她施加了什么奇怪的影响。日子一天天地过去，她发现自己做了许多以前让她反感的事情。她和查尔斯待在家里；当他渐渐好起来的时候，只有当他表示愿意的时候，她才会和他一起出去吃饭，或者看戏。她每天都去厨房，不情愿地巡视着房子，一开始担心房子会再出问题，后来又习惯了。她觉得这一切不知何故都和穆恩医生联系在一起——这是他不停地告诉她所谓关于生活的事，或者是几乎告诉了她，但却瞒着她，好像害怕让她知道似的。

随着他们恢复了正常生活，她发现查尔斯不再那么紧张了。他搓脸的习惯也已经远离了他。如果这个世界对她来说不像以前那么快乐的话，那么她有时会体验到一种从未有过的平静。

一天下午，穆恩医生突然告诉她他要走了。

“你的意思是永远？”她惊慌失措地问道。

“永远。”

有一个奇怪的时刻，她不确定自己是否感到难过。

“你不再需要我了，”他平静地说，“你没有意识到，你已经长大了。”

他走过来，坐在她旁边的沙发上，拉着她的手。卢埃拉坐在那里，一言不发，紧张地听着。

他说：“我们和孩子们达成了协议，他们可以坐在观众席上，而不需要去参加表演。但如果他们长大后仍然坐在观众席上，有些人就得为了他们而加倍工作，这样他们才能享受这世界的光明和灿烂。”

“但我也想要光明和灿烂，”她抗议道，“这就是生活的全部。想要温暖的东西没有什么不对的。”

“世界还是会很温暖的。”

“怎么做？”

“你会让你身边的世界温暖起来的。”

卢埃拉吃惊地看着他。

“现在轮到你站在舞台中央了。你需要给予别人长久以来他们给予你的东西。你必须给予年轻人安全感，给予你丈夫平静，给予老人慈善。你必须让为你工作的人能够依靠你。你必须掩盖更多的麻烦，而不让它们表现出来。比普通人多一点耐心，多做一点而不是少做一点。世界的光明和灿烂就在你手中。”

他突然停了下来。

“站起来，”他说，“走到镜子前，告诉我你看到了什么。”

卢埃拉乖乖地站起身来，走近她买的蜜月礼物——墙上挂着的一个威尼斯穿衣镜。

“我看到我脸上有了新的皱纹。”她说着，抬起手指放在两眼之间，两边的一些阴影可能是小皱纹。

“你在乎吗？”

她迅速转过身来。“不。”她说。

“你知道查克已经不在了吗？你再也见不到他了？”

“是的，”她慢慢地用手捂住眼睛，“但那一切似乎非常模糊、遥远。”

“模糊又遥远，”他重复着，接着说，“你现在还害怕我吗？”

“再也不会了，”她说道，又坦率地补充，“而且你现在都要走了。”

他朝门口走去。他今天晚上似乎特别疲倦，似乎都快走不动了。

“这个家由你来掌管，”他疲惫地低声说，“如果这里有光和热，那就是你的光和热；如果这里有快乐，那是因为你让它快乐。生活中总是会有快乐的事情发生的，但你永远不要刻意地去寻找它们。现在轮到你来给予光明和灿烂了。”

“你能再坐一会儿吗？”卢埃拉大胆地说。

“没有时间了。”他的声音越来越低，她几乎听不见他说话了。“但请记住，无论你遭受什么样的痛苦，只要你需要帮助，我总能帮助你。但我不能保证什么。”

他打开了门。她现在必须弄清楚她最想知道的事情，以免为时太晚。

“你对我做了什么？”她喊道，“为什么我没有了对查克的悲伤，没有了对任何事的悲伤？告诉我，我几乎要知道了，但我还不知道。在你走之前，告诉我你是谁！”

“我是谁？”

那套破旧的衣服停在了门口。他那圆圆的苍白的脸似乎化成了两张脸，十几张脸，二十张脸，每一张都不同，但都是同样的悲伤、快乐、不幸、漠不关心，直到六十个穆恩医生像一系列无限倒影般排列在一起，像岁月时光延伸到昔日的远景之中。

“我是谁？”他重复了一遍，“我是五年的时光。”

门关上了。

六点钟，查尔斯·汉普回家了。卢埃拉像往常一样在大厅里迎接他。除了一头全白的头发，那长达两年的病痛并没有在他身上留下任何痕迹。卢埃拉本人的变化更为明显，她有点儿胖了，她的眼睛周围有1921年查克去世那天晚上留下的皱纹，但她仍然很可爱，28岁时的脸上有一种成熟的善良，仿佛痛苦只是稍微触摸了一下她，就匆匆离去了。

“埃德和她丈夫要来吃饭，”她说，“我买了戏票，但如果你累了，我们就不去。”

“我想去。”

她看着他。“你不会想去的。”

“我真的想去。”

“好吧，看看你晚饭后的感觉吧。”

他搂着她的腰。他们一起走进儿童房，两个孩子在那里等着跟他们道晚安。

Hot and Cold Blood

热心与冷血

1

年轻的马瑟夫妇结婚大概有一年了，有一天，太太杰奎琳走进了她丈夫经营的五金店。五金店的生意在丈夫的打理下颇有起色。走到里间办公室敞开的门前，她停了下来，高声说道：“哦，打扰了……”她的出现打断了一个看似平平无奇却又耐人寻味的场景：一个叫布朗森的年轻人和她丈夫站在一起；后者已经从桌边站了起来。布朗森抓着她丈夫的手，热烈地，或者说是过分热烈地，握了握。当他们听到杰奎琳走近门口时，两个人都转过身来，杰奎琳看到布朗森的眼睛红红的。

过了一会儿，布朗森走了出来，略带尴尬地从她身边走过。“你好吗？”她说着，走进了丈夫的办公室。

“埃德·布朗森在这里干什么？”她马上好奇地问。

吉姆·马瑟对她笑了笑，半闭着灰色的眼睛，静静地把她拉到桌子上坐下。

“他只是顺道过来看看，”他轻松地回答说，“家里一切都好吗？”

“家里一切都好。”她好奇地看着他，“他想要什么？”她追问道。

“哦，他只是想见我。”

“为了什么事？”

“哦，是有点儿事，生意上的事。”

“为什么他的眼睛红红的？”

“有吗？”他无辜地看着她，然后他们突然都笑了起来。杰奎琳站起身来，绕着桌子走了一圈，一屁股坐在了他的转椅上。

“你最好告诉我，”她愉快地宣布，“因为我会在你告诉我之前一直待在这里。”

“好吧。”他犹豫了一下，皱着眉头说：“他想让我帮他一个小忙。”

杰奎琳立刻明白了，或者更确切地说，真相一下就出现在了她的脑海里。

“噢，”她的声音有点发紧，“你借钱给他了。”

“只借了一点点。”

“多少钱？”

“就三百。”

“就三百。”杰奎琳的声音冰冷得就像冷却下来的贝塞麦锅炉。“吉姆，我们一个月的生活要花多少钱？”

“问这个干吗，大概五六百，我猜。”他不安地挪动着身子，“听我说，杰奎琳。布朗森会还的。他就是遇到点儿小麻烦。他在伍德米尔遇到个姑娘，犯了点儿错误……”

“然后他知道你是一个好说话的人，所以他就来找你了。”杰奎琳打断了他的话。

“不。”他严肃地否认了。

“你不知道有了三百美元我们可以做什么吗？”她问道，“去年 11 月我们因为负担不起，所以没有去纽约旅行，不是吗？”

吉姆脸上持续挂着的笑容消失了。他走过去关上了办公室的门。

“听我说，杰奎琳，”他说道，“你不明白。布朗森是我几乎每天都一起吃午饭的人之一。我们小时候经常一起玩，一起上学。难道你看不出来，我是他唯一可以求助的人吗？我不能拒绝他。”

杰奎琳抖了抖肩膀，好像要把吉姆说的理由抖掉似的。

“好吧，”她干脆地回答说，“我只知道他不是好人。他总是醉醺醺的，如果他自己都不工作，他就没有道理让你靠辛苦工作来养他。”

他们隔着桌子的两端在说话，两个人都拿出了一副对孩子说话的口吻。每句话都以“听我说”开头，努力在脸上摆出耐心的表情。

“如果你就是不明白，我也就没法让你明白了，”十五分钟后，马瑟以一种他认为是恼怒的口气总结说，“这种义务有时确实存在于男人中间，而且必须被履行。这比单纯拒绝借钱更复杂，尤其对我而言，我干的这行很大程度上就取决于商圈内的信誉和口碑。”

马瑟边说这话边穿上了外套。他要和她一起坐有轨电车回家吃午饭。他们现在处于更换汽车的一段空当时间。他们卖掉了旧的，准备在春天买一辆新的。在这个特殊的时候，选择坐有轨电车，显然是个不幸的错误选择。办公室里的争论在其他情况下可能会被遗忘，但随之而来的在电车里发生的事情却加深了愤怒的裂痕，直到它发酵成一种严重的情绪感染剂。

他们在靠近车头的地方找到座位坐下。正是二月下旬，不过热烈而放肆的阳光已经在把街上单薄的积雪融化成脏兮兮的欢快流淌的溪流，向着排水沟流去。也许正因为如此的天气，车里才没有像平时那么拥挤，也没有人站着。司机甚至打开了车窗，一阵黄色的微风吹走了车里那股冬天的气息。

杰奎琳愉快地发现，坐在她旁边的丈夫比其他男人都要英俊和善良。任何想要离开他的想法都是愚蠢的。也许布朗森终究会把钱还回来的，不管怎样，三百美元也不算一笔巨款。当然，他本来没必要借这笔钱的，但那时……

她的沉思被打断了，因为旋涡般的乘客涌上了电车过道。杰奎琳现在只求他们咳嗽时用手遮住嘴，只求吉姆很快就能买到一台新车。在这样的电车车厢里真不知道会被传染上什么病。

她转向吉姆，想跟他讨论这个问题，但是吉姆已经站了起来，把座位让给了一个在他旁边站在过道里的女人。那女人一声不吭地坐了下来。杰奎琳皱了皱眉头。

那女人大约五十多岁，身材魁梧。她刚坐下时，还只满足于坐在座位的空位里，但是过了一会儿，她开始扩张了，用她那一大团肥肉侵占越来越大的地方，直到这个侵占过程变得非常暴力。当电车对着杰奎琳的方向转弯时，那女人就顺势使劲侧向滑动，而当方向再转弯回去时，她却巧妙地定在了刚刚赢得的座位空间上。

杰奎琳的遭遇被她的丈夫看在眼里，他正抓着过道横杆上的一根带条摇晃着。杰奎琳用愤怒的目光向他完整地表达了她对于他行为的不满。他也默默地表示着歉意，然后急匆匆地转过目光去专注那一排汽车广告了。胖女人又一次向杰奎琳移动，她现在几乎要坐到杰奎琳身上了。她用一双浮肿的、令人厌恶的眼睛盯着马瑟太太，然后对着她的脸剧烈地咳嗽起来。

杰奎琳强忍住没有发作，站起身来，用力挤过那双满是肥肉的膝盖，怒气冲冲地朝车尾走去。她也抓住了一根带条，吉姆·马瑟立刻挤了过去，小心翼翼地陪在她身旁。

他们一句话都没说，只是静静并排站了十分钟，而坐在他们面前的一排男人则噼里啪啦地翻着报纸，目不转睛地盯着报纸上的每日漫画。

当他们下了电车后，杰奎琳终于爆发了。

“你这个大傻瓜！”她疯狂地喊道，“你看见那个你让座的可怕女人了吗？为什么你不能偶尔考虑一下我，而不是考虑你遇到的每一个自私自利的洗衣女工？”

“我怎么知道——”

但杰奎琳对他的愤怒是前所未有的，有人对他如此愤怒也是前所未有的。

“你没看见吗？那些男人没有一个给我让座！我是说你上星期一的晚上怎么那么累，都不想出门，我看你又是把座位让给了某个可怕的波兰洗衣女工了吧，她肯定像头牛一样壮。我看你倒是本来就喜欢在电车里站着才是！”

他们沿着泥泞的街道走着，大踏步走过一摊一摊的积水。吉姆既困惑又苦恼，他既不能道歉，也无法辩解。

杰奎琳突然停了下来，转向他，眼睛里流露出一种奇怪的神色。她之后所说的总结陈词，恐怕是他有生以来听过的最刺耳的话。

“吉姆，你的问题是，你之所以这么好说话，就是因为你幼稚得像大学新生，你就是一个老好人。”

2

整件事和那场不愉快很快就被遗忘了。还不到一个小时，马瑟善良的本性就抹去了妻子心中的怨恨。随后的几天里，对整件事的谈论越来越轻描淡写，然后几乎就要走到遗忘的边缘了。不过，被遗忘的边缘，并不等于已经被遗忘，事实上，整件事并没有被完全遗忘。只是说，这个话题被湮没了，因为杰奎琳要以她一贯的活力和冷静完成一项漫长而艰苦的事业——怀孕生子。她的天性和偏见变得更加强烈，她不太愿意让事情就这么过去。到了四月，他们还没有买车。马瑟发现他几乎攒不了什么钱，但是再过半年他就要有一个孩子了。这使他很担心。一条浅浅的、试探性的、不易察觉的皱纹第一次出现在他诚实而友好的眼角上。他现在从清晨一直工作到黄昏，经常还把剩余的工作带回家。购买新车的计划又得推迟一段时间了。

四月的某个下午，似乎城里的所有人都来到了华盛顿街上购物。

杰奎琳慢慢地走过商店，思量着目前情非得已的生活状态，但是既不害怕也不沮丧。风里满是干燥夏日的尘土，阳光在平面玻璃窗上欢快地跳跃着，在路面由汽车水滴形成的小水洼上，折射着闪闪发光的七色彩虹。

杰奎琳突然停了下来。离她不到六英尺的路边停着一辆崭新的跑车。跑车旁站着两个男人在交谈，她认出了其中一个——年轻的布朗森，她听见他用一种不经意的语气对另一个人说："你觉得这车怎么样？今天早上刚拿到的——"杰奎琳猛地背转身去，踏着急速响亮的步子，走向了她丈夫的办公室。她像往常一样，对速记员轻快地点了点头，从她身边大步走向里间的办公室。马瑟从他的办公桌上抬起头来，惊讶地看着她的闯入。

"吉姆，"她气喘吁吁地开始说，"布朗森还过你那三百块钱了吗？"

"为什么突然问这个？"他迟疑地答道，"还没有。他上周来过，说他手头有点儿拮据。"

她的眼睛里闪烁着既愤怒又得意的光芒。

"哦，是吗？"她厉声说道，"我告诉你，他刚买了一辆新的跑车，至少花了两千五百美元。"

他不可置信地摇摇头。

"我亲眼看见的，"她坚持说，"我亲耳听见他说他刚买的。"

"他告诉我他手头有点儿拮据。"马瑟无奈地重复道。

杰奎琳发出一声低沉的呻吟，她叹息他就这么放弃了。

“他在利用你！他知道你耳根子软，他在利用你。你看不出来吗？他要你给他买那辆车，你就买了！”她苦笑了起来，“他可能正一边飙车一边想，你是个多么容易对付的人啊。”

“噢，不，” 马瑟一脸震惊地抗议，“你一定是弄错了——”

“我们步行、坐电车，他却开上了跑车，用我们的钱！”她激动地打断了马瑟，“哦，真有钱啊，真有钱啊。如果这样的事情还不算疯狂，那就太荒谬了。你给我听着！”她的声音越来越尖，越来越压抑，充斥着轻蔑：“你花了自己一半的时间为那些根本不在乎你和你的未来的人做好事。你把电车上的座位让给了猪，而你呢，回到家里，累得动都不想动。你在各种各样的委员会里干活，每天至少要花一个小时的时间来处理各种琐事，而你却一分钱也得不到。你注定了要永远被利用！我再也受不了了！我就是嫁给了一个要拯救全世界的撒玛利亚人！”

当她歇斯底里骂完了之后，杰奎琳突然摇摇晃晃地跌坐进椅子里，因为紧张和激动，她已精疲力尽。

“就像现在，”她断断续续地说，“我需要你，我需要你的力量，你的健康，我需要你的双臂环绕着我。如果你把它们分享给每一个人，当它们终于匀到我这里时，就已经薄如蝉翼、一碰就碎了——”

他跪在她身边，把她疲惫的年轻的头枕放在他的肩膀上。

“对不起，杰奎琳，”他谦卑地说，“我会更加小心的。我没有意识到我在做什么。”

“你是这世界上最可爱的人，”杰奎琳沙哑地低声说，“但我想要你的全部，我想要你全部的好都留给我。”他一遍又一遍地抚摸她的头发。他们就那样静静地待了几分钟，一起沉浸在一种涅槃超脱之后的平静与理解之中。直到门口传来克兰西小姐的声音，杰奎琳才不情不愿地抬起了头。

“哦，对不起。”克兰西小姐说。

“什么事？”

“是一个送包裹的男孩。需要货到付款。”

马瑟站起身来，跟着克兰西小姐走去了外面的办公区。

“五十美元。”

马瑟翻了翻自己的钱夹，他忘记那天早上去银行取钱了。

“等一下。”他心不在焉地说。他的心思都在杰奎琳身上，现在杰奎琳正形单影只、满面愁容地在另一个房间里等着他。他走进过道，推开了对面的“克莱顿和德雷克”经纪事务所的门，那扇低矮的门在马瑟身后剧烈摇晃着。马瑟走到了一个坐在书桌旁的男人面前。

“早上好，德雷克。”马瑟说。

德雷克是个矮小的三十岁男人，戴着夹鼻眼镜，留着光头。他站起来跟马瑟握了握手。

“早上好，吉姆。有什么事吗？”

“那什么，有人送了些货到付款的东西到我办公室，我现在身上一分钱都没有。你能借我五十美元吗，我今天下午还给你？”

德雷克仔细瞧了瞧马瑟。然后，极其缓慢地、令人吃惊地，他的头摆动了一下，不是上下摆动，而是左右摆动。

“对不起，吉姆，”他生硬地回答道，“我给自己定下了一个规矩，无论什么情况，都不借钱给任何人。借钱破坏了太多的友谊。”

“哦，”马瑟现在已经从魂不守舍中清醒了过来，这声“哦”带着一种毫无掩饰的震惊。紧接着，他天生的机敏自发地行动了起来，跳出来帮助他，规范着他将要说出的话，尽管他的大脑突然迟钝了一下。他立刻本能地要让德雷克释怀自己刚刚做出的拒绝。

“哦，我明白了。”他点头表示完全赞同，好像他自己也经常考虑制定这样一条规则似的。“哦，我明白你的感受。好吧，我也不想让你因为什么事而违背这样的原则。你能直接告诉我是件好事。”

他们又聊了一会儿。德雷克轻易地论证了他的立场；他显然已经排练过类似的情景很多次了。他对马瑟露出了一个非常坦率的笑容。

马瑟保持着彬彬有礼的态度回到了办公室，让德雷克独自沉浸在沾沾自喜中，以为自己是这座城里最老练圆滑的人。马瑟很善于让别人产生这样的感觉。但当他走进自己的办公室，看到妻子沮丧地盯着窗外的阳光时，他紧握起双手，嘴里蹦出了陌生的字眼。

“好吧，杰奎琳，”他慢慢地说，“我想你在大多数事情上都是对的，我大错特错了。”

3

在接下来的三个月里，马瑟仔细回顾了过去多年的生活。他一直过着不同寻常的幸福生活。人与人之间的那些冲突，人与社会之间的那些摩擦，那些使大多数人变得粗暴、愤世嫉俗的争吵，很少发生在他的生活中。他以前从来没有想过，为此他也付出了相当的代价。但现在他意识到，为了避免敌意、争吵甚至质疑，他一直走在一条更加崎岖不平的道路上。

例如，他私下借给了别人很多钱，总共大约一千三百美元。在他最近新获得的启蒙之下，他终于意识到他再也见不到这些钱了。由于女性特有的直觉与智慧，杰奎琳更早更敏锐地察觉到了这一点。直到现在，他也才意识到，多亏了杰奎琳，他们才有一些银行存款。那些外债早已不可追回了。

他也意识到她话里的那些真相。他不断地在这里做一些小事，在那里做一些小事；但是花在这些小事上的时间和精力的总量却是惊人的。他的确很高兴能帮助别人。他对别人的好感也反应热烈，但他现在思忖，他是不是只是沉溺于自己的自私和虚荣心。在想到这一点时，他和往常一样，又开始对他自己不太公平地大加抨击了。事实是，马瑟只是个非常浪漫主义的人而已。

他发现这些时间和精力上的耗费使他在晚上也要辛苦工作，白天工作效率降低，难以充分关注和回应杰奎琳。几个月过去了，杰奎琳的身子越来越沉重，也越来越烦躁不安。整个夏天的漫长下午，她都坐在遮阴的阳台上，等着他的脚步声出现在走廊里。

为了避免继续不堪重负，马瑟放弃了许多事情，其中包括他在大学校友会的主席职位。他放弃了其他不那么重要的工作和事务。当马瑟进入某个委员会时，人们已经习惯于选他做主席，然后自己退缩到阴暗的背景中，这样有任何事情都很难找到他们。马瑟现在已经不干这种事了。而且他开始避开那些容易寻求帮助的人的热切目光，那些人总是在马瑟参加的俱乐部出现。

他内心的变化是慢慢发生的。虽然他并不是特别超凡脱俗，但是在其他情况下，德雷克拒绝借钱并不会使他感到惊讶。如果这是发生在别人身上的事，他几乎都不会去关注它。但它突然闯了进来，冲击了他的内心，这种破坏性赋予了它强大的力量和深远的意义。

现在已经是八月中旬，炙热一周的最后一天，办公室里所有窗户都敞开着，但是窗帘几乎一整天都纹丝不动，像静止的船帆一样低垂着，与闷不透气的窗纱紧紧地贴在一起。马瑟坐在办公室里焦虑不已：杰奎琳因为过度劳累，正在忍受剧烈头痛的折磨；五金店生意似乎也停滞不前。那天早上，他异乎寻常地对克兰西小姐表现出了恼怒，使得克兰西小姐惊讶不已。但他立刻就道了歉。事后他又希望自己没有道歉。他在这么热的天气里都能高效工作，她为什么就不能呢？

克兰西小姐又出现在了办公室门口，他抬起头，微微皱着眉头。

“爱德华·莱西先生来访。”

“知道了。”他无精打采地回答道。莱西老人他是略知一二的。他八十多了，是个忧郁的悲剧性的人物，也曾辉煌过，但是如今只是这个城市里的一个失败者。除了恳求帮助，他想象不出莱西还想做什么。

“下午好，马瑟先生。”

一个身材矮小、神情严肃、头发灰白的男人站在门里。马瑟站起身来，礼貌地和他打招呼。

“在忙吗，马瑟先生？”

“嗯，不太忙。”他稍微强调了“太”这个词。

莱西先生坐了下来，显然很不自在。他把帽子握在手里，讲话时也一直紧紧地抓住帽子。

“马瑟先生，如果您能拨冗，我想告诉您一件事，我觉得现在有必要告诉您。”

马瑟点了点头。他的直觉告诉他，莱西一定有什么事要请他帮忙，但他现在身心俱疲，带着一种疲倦的神情，他用手撑着下巴，等着聆听一些可以将他暂时从焦虑中拉出来的话。

“您知道，”莱西先生接着说，马瑟注意到他抓着帽子的手在发抖，“早在1884年，您父亲和我就已经是很好的朋友了。您一定听他说起过我。”马瑟点点头。

“后来，我还被邀请做他的抬棺人。我们是很亲近的。正因为如此，我现在才来您这里。我这辈子从来没有像现在这样觉得必须去找某个人，马瑟先生，去找一个陌生人。但是随着您的年岁日长、您的朋友或者去世或者搬走，或者一些误会把你们分开了——除非你有幸享尽天伦、先走一步——不然很快你的孩子也死了，你就剩形单影只了，你就没有任何朋友了，你就被这个世界孤立了。”他微微一笑，双手剧烈地颤抖着。

“大约四十年前，有一天，您父亲来找我借一千块钱。我比他大几岁，虽然我跟他还不太熟悉，但我对他的印象很好。那时候那可是一大笔钱啊，他没有任何担保，只有脑子里的一个计划。但我喜欢他观察事物的方式。如果我说您看起来和他很像，希望您别介意。所以我把钱借给了他，没要任何担保。”

莱西先生停顿了一下。

“没有任何担保，”他又重复了一遍，“那时我能负担得起。那笔钱对我来说不算损失。而且他在年底前就把钱全还清了，还加了百分之六的利息。”

马瑟低头看着他的吸墨纸，用铅笔画出一系列三角形。他知道接下来会发生什么，他的肌肉也紧绷了起来，因为他需要集中力量准备拒绝。

“我现在是个老人了，马瑟先生。”那沙哑的声音接着说。

“我失败了，我是一个失败的人，只是我们现在不必再多谈这个了。我有一个女儿，一个还未出嫁的女儿和我住在一起。她做速记工作，对我也很好。我们住在一起，你知道，在塞尔比大街上，我们有一套公寓，相当不错的公寓。”

老人颤巍巍地叹了口气。他在努力组织语言提出请求，但是又害怕提出请求。听起来，他似乎有份保险。他有一张一万美元的保单，他以保单的赔付额借了钱，现在如果他筹不出 450 美元还钱，他就会损失保单上全部的钱。他和他的女儿大约有 75 美元。他们没有朋友，他们发现不可能筹到这笔钱……

马瑟再也忍受不了继续听这个悲惨的故事了，他没有多余的钱，但他至少可以缩短老人借钱时的极度痛苦。

“对不起，莱西先生，”他尽可能温和地打断了莱西老人的话，“但我没法借钱给你。”

“不行吗？”老人用一双褪了色的眼睛眨巴眨巴地望着他，眼睛里几乎没有任何人类的情感，既没有震惊也没有关心。他表情上唯一的变化，就是他的嘴慢慢地半张开。马瑟坚定地盯着桌上的吸墨纸。

“我们几个月后就要有孩子了，我一直在为此攒钱。现在从我妻子或孩子身上拿走任何东西对他们都是不公平的。”

他的声音越来越低，最后变成了喃喃而语。他发现自己开始说些陈词滥调的话了，什么生意不好之类的，说得很是得体。

莱西先生没有争辩。他站起身来，没有明显的失望迹象。只有他的手还在继续发抖，这使马瑟很担心。老人向他致歉，在这样的时候打扰他，还说也许会有什么转机也说不定。他只是想到，如果马瑟先生碰巧有些额外的闲钱，他就可以去问问，毕竟他是一个老朋友的儿子。

当莱西先生离开办公室时，他打不开外面的门。克兰西小姐帮了他一把。他眨眨褪了色的眼睛，嘴微微半开着，卑微又失落地沿着走廊走了出去。

吉姆·马瑟站在书桌旁，用手捂着脸，突然开始瑟瑟发抖。在这个炙热得如同热带正午的下午五点，马瑟感觉寒意侵骨。

4

一个小时后，当马瑟站在街角等车的时候，暮气加重了暑气。到他家的电车车程是25分钟，他买了一份粉红色封皮的报纸来振奋他那无精打采的头脑。生活似乎不那么快乐了，也不那么令人向往了。也许是因为他学到了更多关于世界的知识，也许是因为它的魅力随着匆忙的岁月一点一点地消失了。

比如说，他以前从来没有遇到过像今天下午这样的事。他无法把老人的身影从脑海中清除。他想象着他在炎热的天气里拖着沉重的脚步回家，也许是为了节省车费所以徒步回家，他打开一间闷热的小公寓的门，他向女儿坦白说，他朋友的儿子没能帮上忙，整个晚上他们都在无助地计划，直到父女俩互道晚安。他们在这个世界上突然被孤立了，他们孤独而可怜地躺在两张床上。

马瑟要搭乘的电车开过来了，他在靠近车头的位置发现了一个空位，旁边坐着一位老太太，老太太瞪了他一眼，不情愿地让出了空位。车开到了下一个街区，一大群从百货公司出来的姑娘挤上了电车过道，马瑟打开了他的报纸。最近他还没有完全养成不让座的习惯。杰奎琳是对的，一般的年轻女孩跟他一样，在车里站一站没有任何问题。让座是愚蠢的，仅仅是一种姿态罢了。现在的世道里，十个女人被让座都没有一个愿意表示感谢的。

车里热得令人窒息，他擦去额头上的涔涔汗水。过道里挤满了人，当汽车转弯时，一个站在他座位旁边的女人撞在他的肩膀上。马瑟长长地吸了一口车厢里的热气，那股热气一直盘桓着不肯流通。他努力把注意力集中在体育版最上面的一幅漫画上。

“请往前走！”乘务员刺耳又恼怒的声音穿透了拥挤的人群，“前方还有地方！”

人群无可奈何地向前挤，但不幸的是，已经没有地方可以移动了，人群的挪动毫无成果。马瑟旁边的那个女人又一次靠在他的肩膀上摇摇晃晃。通常情况下，他会让座的，哪怕只是为了不让他想到她一直站在那里。现在他觉得自己是个冷血的人。这班车真是太可怕了。在这样闷热的日子里，他们应该分配更多的车辆，来承载这些人。

第五遍了，他看着连环画里的图片，第二张图片里有一个乞丐，莱西先生摇摇晃晃的样子一直要挤到乞丐的位置上。天哪！假如老人真的饿死了，假如他跳河了……

“有一次，”马瑟想，“他帮助了我父亲。也许，如果没有他的帮助，我自己的生活不会像现在这样。但是莱西当时负担得起，而我现在实在负担不起。”

为了把莱西先生的样子挤出脑海，马瑟试着去想杰奎琳。他一遍又一遍地对自己说，他不能牺牲杰奎琳，来帮助一个曾经有过机会却失败的人。杰奎琳现在比任何时候都需要属于她的机会和资源。

马瑟看了看手表，他已经上车十分钟了。还有十五分钟的车程。车里热气越来越窒息，让人气喘吁吁。女人又一次倒向他。从窗户向外看，他看到这辆车正在最后一个街角转弯。

他想到也许他应该把座位让给这个女人，毕竟，她的最后一次摇摆看起来特别疲倦。如果他确信她是个老人，他一定会让给她的。但她那套衣服的质感，衣服划过他手臂的感觉，都令他确信那就是个年轻的女孩。他不敢抬头看。如果那是一双年迈的眼睛，他害怕看到恳求；如果那是一双年轻的眼睛，他害怕看到尖锐的轻蔑。

在接下来的五分钟里，他的脑子一边窒息着一边运转着。他面对着一个巨大的问题：要不要给她让座。他隐约觉得这样做可以部分弥补他今天下午拒绝莱西先生的过错，在这样一个日子里连续做两件冷血的事，那就太可怕了。

他又试着看漫画，但没有成功。他必须集中精力在杰奎琳身上。他现在累极了，如果他站起来的话，他会更累的。杰奎琳等着他，她需要他。她一定情绪低落，会希望他在晚饭后静静地抱着她一个小时。如果他很累的话，这就很难做到了。然后当他们上床睡觉时，她还会不时地要他给她拿药或者拿一杯冰水。他讨厌在做这些事情的时候表现出任何倦态。因为她注意到，就会在需要某样东西的时候不再让他去了。

走道上的女人又一次向他摇晃倾斜过来，这一次竟像是要跌落下来。她也很累了。好吧，工作是很累的。那些关于一天如何劳累与漫长的数不清的谚语，正零碎地在他的脑海里飘荡着。世界上的每个人都很累很辛苦。就像眼前这个女人一样，她的身体如此疲倦地下垂，如此奇怪地贴在他的身上。但是，他的家庭是第一位的，他所爱的女孩在那里等着他。他必须为她保存力量，他一遍又一遍地对自己说着，他不会放弃他的座位的。

他听到了一声长叹，接着是一声突如其来的惊叫，他意识到，那个女人已经不再靠在他身上了。惊叫声演变成了一阵喧嚣，跟着是一阵停顿，然后又是一阵喧嚣，在车里传开来，有人在惊叫，还有人对乘务员发出断断续续的叫声。车铃声剧烈地叮当作响，那辆热腾腾的车突然停了下来。

“女人晕倒了！”

“车里对她来说太热了！给她翻个身！”

“退回去！让开，你！”

人群分开了。车厢前面的乘客挤了回去，后面站台上的乘客暂时下了车。突然交谈的人群中涌起了好奇和怜悯的声音。人们试图帮忙，但是反而挡住了通路。接着车铃响了，声音又大了起来。

“把她弄出来好吗？”

“喂，你看到了吗？这该死的电车公司就该做点儿什么。你看到抬她出去的那个人了吗？他脸色苍白得像鬼一样。”

“是的，但是你听到了吗？”

“听到什么？”

“那个家伙，那个把她抬出来的脸色苍白的家伙，他坐在她旁边，他说她是他的妻子！”

屋子里静悄悄的。一阵微风吹拂着阳台上的黑藤叶子，淡淡的黄色月光洒在柳条椅上。杰奎琳静静地躺在长沙发上，头枕在马瑟的手臂上。过了一会儿，她懒洋洋地动了动，伸手拍了拍他的脸颊。“我想我现在要睡觉了。我太累了。你能扶我起来吗？”

他把她抱起来，然后把她放在靠垫上。

“我马上就来，”他温柔地说，“你能等我一下吗？”

他走进亮着灯的客厅，她听见他在翻电话簿，然后他开始拨电话。

“喂，莱西先生在吗？啊，是的，如果他还没睡觉的话。这很重要。”

马瑟停顿了一下。杰奎琳听到不安分的麻雀穿过路上的木兰树枝叶。然后她丈夫又开始讲话了：“是莱西先生吗？哦，这是马瑟。关于我们今天下午谈的那件事，我想我还是能想到办法的。”他把声音提高了一点儿，好像另一端的人很难听清似的：“我是詹姆斯·马瑟的儿子，我们今天下午说了那件小事……”

The Sensible Thing

明智之举

1

对于美国上班族来说，午餐时间无疑是金贵的。但就在这段时间里，这个名叫乔治·奥凯利的年轻人还在不紧不慢地整理着他的办公桌，装出一副兴致盎然的模样。他可不想让办公室里的其他人知道，此刻的他正心急火燎。毕竟所谓成功是需要通过营造某种氛围来达到的，要是让别人知道自己早已经消极怠工、思绪早飘到了某个距离办公室七百英里外的地方，恐怕不是什么好事。

但当他走出办公大楼的那一刻，便下定了决心一般地开始向前奔跑起来。行色匆匆之间，他也不时地感受到早春午后的那种欢快明艳正满溢在整个时代广场上，流连徘徊于人们头顶上不足二十英尺的地方。大家都不由自主地把头微微仰起，深吸上一口三月的气息。可是阳光太过于炫目，以至于几乎没有人能看得清楚其他人，他们只能看到自己在天空里的投影。

乔治·奥凯利的思绪已然飘向了七百英里开外，他现在对所有的户外活动都感觉非常厌恶。他冲进了地铁，在这段要穿过整整九十五个街区的路途中，他魔怔似的盯着一块车厢广告，它在生动地向他展示在未来的十年里他只有五分之一的概率能保住一口全牙。地铁停在第137街车站的时候，他对这段有关牙齿的商业艺术的研究总算是告了一个段落。他走出了地铁，又开始奔跑起来，不知疲倦的脚步仿佛也在诉说着他内心的焦虑不安。终于，他一口气跑到了家——那是在一栋偏僻得前不着村后不着店的可怕的公寓塔楼里面的一个小单间。

他走进房间，看到书桌上摆着一封信——那是写在满获祝福的纸张上面神圣的墨水字迹。整个城市的人，如果他们在这一刻侧耳倾听，都能听到乔治·奥凯利的心在怦怦地狂跳。他开始一字一句读这封信，不愿放过任何一个标点、一处墨渍，甚至是那信纸边缘被手指抹脏的印痕。读完信，他颓然瘫倒在床上，陷入一阵绝望之中。

他现在的生活一片狼藉，这种混乱狼狈已经到了极点。其实，这在穷人的生活里并不少见，因为贫困总是如影随形，像追逐猎物的猛禽一般难以摆脱。穷人有些是时运不济，有些会否极泰来，有些是误入歧途，有些则安之若素，总之，他们都在用穷人的某种方式活着。可是，乔治·奥凯利初尝这贫穷的滋味，只觉难以忍受，以至于要是有任何人告诉他，他此刻的状况并没有什么特别的，他绝对会惊诧不已。

一年多以前，他以优异的成绩从麻省理工学院毕业，入职田纳西州南部的一家建筑公司，成为一名工程师。自那以后，他此前的全部生活里都是各式各样的隧道、摩天大楼、大坝以及那些有着高耸入云的三联桥塔的悬索大桥。对他而言，桥塔宛如手牵着手并成一排的舞者，她们如高楼林立的城市那般昂首挺立，而悬索就是她们的裙摆。在乔治·奥凯利看来，他能够改变河流的走向，能够改变山岳的形状，能够让这片古老荒芜、人迹罕至的土地重焕生机、变得富足和丰饶起来，这是多么浪漫的事业啊。他热爱钢铁，甚至有些魂牵梦萦，在他梦里总有各种钢的形态——液态的、条状的、块状的、带状的、不定型的可塑钢材——都在等着他去创作挥洒，就好像面对画板、手拿颜料的画家一般。无尽的钢铁正待被他想象力的熊熊火焰锻造得可爱而又质朴……

可是现在，他成了一家保险公司的周薪四十美元的职员，他曾经的梦想正飞速地离他远去。而这一切的混乱，可怖到令人无法忍受的混乱，都是因为一个皮肤黝黑的娇小女孩，而此刻的她正在田纳西的某个小城里等待着跟他见面。

一刻钟后，转租给乔治·奥凯利房间的女人过来敲门，她带着让他有点儿抓狂的善意询问说，既然他中午在家，是否愿意跟她一起吃午餐。他摇头拒绝了。不过这样被打断了一下，他受到了某种启发，从床上坐起来写了一封电报。

“来信让我沮丧你疯了吗分手太傻了叫人不安马上嫁给我吧我们一定会幸福——”

他心乱如麻，犹豫了一两分钟，然后用他自己都难以辨认的笔迹写道：“无论如何我明天六点到。”

写完以后，他从公寓一口气跑到地铁站附近的电报局。他在这个世界上总共拥有不超过一百美元的财产，但她的信反映出她的“焦虑”，这令他别无选择。他明白“焦虑”意味着什么——就是她的情绪郁闷，对婚后贫穷生活的担忧，以及对情感背负着压力过大的纠结，诸如此类。

乔治·奥凯利又如往常一样狂奔回保险公司，奔跑几乎成了他的第二天性，似乎很好地表达了他生活中的压力状态。他径直走向了经理的办公室。

“我想见您，钱伯斯先生。”他上气不接下气地说道。

“哦？”一双像冬日窗玻璃般的眼睛冷峻地盯着他。

“我想休四天的假。”

“这是怎么回事，你两周前刚休了一次假啊！”钱伯斯先生诧异地问道。

“的确如此，”这个心烦意乱的年轻人承认说，“但现在我需要再休一次。”

“你上次休假去哪儿了？回你的老家了？”

“不是，我去了——田纳西州的某地。”

“那么，你这次想要去哪里？”

“嗯，我这次想要去——田纳西州的某地。”

“不管怎么说，你这方面倒是从一而终啊，”经理干巴巴地说道，“不过我怎么记得你受雇的岗位应该不是往外跑销售的岗位呢？”

“确实不是，”乔治绝望地叫道，“但我必须得去。”

“行，你去吧，”钱伯斯先生同意道，“不过你不需要再回来了。所以别回来了！”

“我不会回来了。”让钱伯斯先生和他自己都非常惊讶的是，乔治的脸竟因为高兴而变成了粉红色。他觉得很高兴，简直是欢欣雀跃——在六个月里他第一次感到绝对的自由。感激的眼泪在他的眼眶里打转，他热情地抓着钱伯斯先生的手。

“我想要感谢您，”他动情地说道，“我也不想再回来了。如果您刚才告诉我说我还可以回来，那我会疯掉的。您看，我只是无法自己决定放弃，所以我真的非常感谢您做了这个决定从而解雇了我。”

他风度十足地摆了摆手，大声喊道：“您还欠我三天的工资，不过我就不要了，送给您吧！”然后他跑出了办公室。钱伯斯先生叫他的速记员进来，询问最近奥凯利是否有什么异常举动。他在迄今为止的职业生涯中解雇过太多的人，他们在被辞退时有各种各样的反应，但还从来没有一个人像今天这位一样，竟会向他致谢的。

2

她的名字是琼奎尔·凯莉。当他们在车站月台见面时，她急切地奔向他，而他还从未见过她的脸色如此的鲜活却苍白。她伸出双臂，嘴唇微开，等待着他的亲吻，但又突然带着羞涩地四处张望了一下，轻轻推开了他。有两个看上去比乔治略年轻一点儿的男孩子，站在她的身后。

“这是克拉多克先生，以及霍尔特先生，”她开心地介绍说，“你之前在这里的时候见过他们的。”

乔治本来正因为一个吻忽然变成了一顿见面介绍而有些烦扰，他怀疑着这背后究竟有些什么隐含的意义，不过当他发现载他们前往琼奎尔家的汽车正是其中一个年轻人的，他就更困惑了。这似乎令他处在了某种劣势中。在开车回家的路上，琼奎尔一直在跟前后座上的人喋喋不休地聊天，而当他想要趁着暮光揽过她的胳膊时，她顺势将之变成了他们之间的牵手。

“这是去往你家的那条路吗？”他低声说，“我怎么不认识呢？”

“这是一条新的大路，杰瑞今天刚买了车，他想在送我们回家之前带我开到这条路上看一看。”

二十分钟后，他们终于抵达了琼奎尔家，乔治感觉他在刚见面时的幸福感和在车站时他从她的眼里分明确认到的那种快乐，已然被这突如其来的一趟车程给搅散一空了。他本来期望的某种东西莫名其妙地找不到了，当他机械地跟两位年轻人告别时，整个人也是一副若有所思的、神游般的状态。不过，当他在前厅昏暗的灯光下与琼奎尔熟悉地拥吻时，他那糟糕的情绪又渐渐散去，她用各种方式向他表达着她的思念之情，而最好的表达方式总是此时无声胜有声。她的情绪让他变得安心，他那颗焦虑的心得到了一种承诺，相信一切都会好起来的。

他们并排坐在沙发上，两个人之间各种细腻的亲昵的表达，使他们沉浸在重逢的喜悦中。到了用晚餐的时间，琼奎尔的父亲和母亲出来了，他们见到乔治也很高兴。他们挺喜欢他，并且在他一年前首次来田纳西的时候就对他的工程师职业生涯表示了很大的兴趣。

当得知乔治放弃了工程师的工作，前往纽约寻找一夜暴富的机会时，他们为他感到遗憾，但也很大程度上对他的选择表示同情，并且准备同意女儿跟他订婚。在晚餐时分他们询问起他在纽约的工作进展。

“一切都顺风顺水，”他充满激情地告诉他们，“我获得了升职，工资也涨了。”

当他这么说的时候，内心是痛苦的，不过好在他们看起来是如此地高兴。

“他们肯定会喜欢你的，”凯莉夫人说，“那是理所当然的——要不然他们怎么能让你在三个星期之内就休假来这儿两次呢。”

“我跟他们说必须得同意，”乔治慌忙解释，“我告诉他们，要是他们不让我来休假，我就不在那儿干了。”

“不过，你也应该节省点儿，”凯莉夫人温和地责备道，“别把钱都花在这些昂贵的旅途上了。”

晚餐结束后，他和琼奎尔又可以独处了，她又钻进了他怀里。

“我真的很高兴你在这儿，”她叹了口气，“我真希望你不会再离开了，亲爱的。”

“你想我吗？”

“哦，太想你了，太想了。”

“你是不是——是不是有些其他的男人会经常来找你？就像下午那两个小子？”

这个问题让她吃了一惊。她那双黑丝绒一般的眼睛瞪着他。

“怎么了，是的，他们肯定会来。总有人会来啊。有什么问题吗——我在信里都告诉你他们都做了些什么啊，亲爱的。”

这的确是真的——当他最初来到这个城市的时候，她的身边就已经围着十几个男孩子了，这些青春萌动的追求者们狂热地崇拜着她那风情万种的娇媚柔弱，也有少数人从她美丽的双眸中觉察到其中透露的理性和友善。

“难道你期望我哪儿都不去吗？”琼奎尔一边质问乔治，一边把身子向沙发靠枕的方向后撤了一些，直到她的目光看起来像是要离他万里之遥似的，“难道我就应该这样一直双手交叉静静地坐着吗？”

“你这话是什么意思？”他在慌乱之中口不择言，“你的意思是我永远都不会有足够的钱来娶你是吗？”

“哦，乔治，别那么快就轻易下结论，好吗？”

“我没有轻易下结论。那是你说的。”

乔治突然发现自己的处境已经是危机四伏。他完全不想让任何事情破坏今晚的氛围。他尝试再次揽她入怀，可她却意外地拒绝了，她说：

“太热了。我去拿电风扇来。”

当把风扇调好，他们重新坐下，他的情绪已经变得极度敏感，不由自主地又挑选了一个他本该避免的话题。

“你打算什么时候嫁给我？”

“让我嫁给你，你真的准备好了吗？”

这话立时刺激到他的神经，他一跃而起。

“我们把这该死的风扇关上吧，”他喊道，“我要被它给逼疯了。它就像是每次我跟你在一起时总在嘀嗒不停地向前走的钟表那样讨厌。我来这儿真的很快乐，忘了在纽约的一切，还有时间……”

他突然跌坐在沙发里，就像他刚才猛然站起来那样。琼奎尔关掉了风扇，把他的头放在自己的膝盖上，抚摸着他的头发。

“就像现在这样坐在这里，”她温柔地说，“就这样静静地坐着，你睡一会儿吧。你真的太累了，神经绷得太紧了，现在让你的甜心宝贝来照顾你吧。”

“但是我不想像这样坐着，”他抱怨道，蓦地直起身来，“我一点儿都不想像这样坐着。我想要你吻我。那是唯一能让我放松的方式。而且我一点儿都不神经紧绷——是你神经紧绷。我一点儿都不紧张。”

为了证明他不紧张，他离开了沙发，一屁股坐到房间另一边的摇椅里面。

“就在我准备好要娶你的时候，你给我写了那封让人神经崩溃的信，看起来像你要跟我分手了，我能不赶紧冲过来看你吗……”

“如果你不想来看我，你可以不必来的。”

“但是我就是想来！”乔治坚持道。

在他看来，他相当冷静和富有逻辑，是她故意把他导向了错误的方向。他们说得越多，错得越多，两颗心的隔阂也越深，但是他又无法让自己停下说话，也不知道该如何隐匿他声音里的忧虑和痛苦。

但是很快，琼奎尔就伤心地哭了起来，他回到沙发那边，把她抱入怀中。他现在变成了安抚者，让她的头靠在他的肩上，说着那些老掉牙的情话，直到将她哄得平静下来，她慢慢地只是间歇地在他臂弯里抽泣那么一两下。一小时过去了，他们就这样坐着，窗外夜色中传来的钢琴声，似乎把他们这段感情的终篇乐章倾散在外面的大街上。乔治没有动作，没有思考，也没有期望，他就静静地等待着预感中的灾难到来，直到身心麻木。时钟会嘀嘀嗒嗒继续向前走，等过了十一点，过了十二点，那时凯莉夫人会从楼梯扶手探下身来，温柔地提醒他们晚安——那之后，他唯一能预见的是明天和绝望将一同到来。

3

在第二天的热浪中，感情破裂的时刻还是到来了。他们两人都猜透了对方的心思，不过她是更愿意接受现实处境的一方。

"别勉强自己了，"她痛苦地说，"你明知道自己讨厌保险的工作，所以，你是永远不可能干好的。"

"并非如此，"他固执地坚持着，"我只是不想继续孤单一人了。如果你嫁给我，过来跟我在一起，能与我同舟共济的话，我能干好任何事情，而不是像现在这样成天为你担心。"

她在回答之前沉默了许久，她没有思考——因为她已经看到了结局——她不过是在等待，因为她知道最终要说的话比任何其他的词都更加残忍。最终她说道：

“乔治，我全心全意地爱着你，并且我认为我不会再爱任何人像爱你那么多了。如果两个月前你做好了迎娶我的准备，我现在已经嫁给你了——但现在我不能这么做，因为对我来说这不是明智之举。”

他放肆地指责她——她肯定此前另有他人了——她对他绝对是有所隐瞒的！

“不，我并没有别人。”

这的确是真的。但是与乔治的这段感情让她觉得沉重，她跟身边像杰瑞·霍尔特一样对她的生活并无任何实质意义的年轻男孩子相处时，能感到一种毫无负担的轻松。

乔治却完全没能认清形势。他这会儿试图用手臂抱紧她，通过吻她让她能应许嫁给他。这自然失败了，然后他开始了一段自怜自伤的大段独白，直到他意识到这样做除了让她觉得自己更加可鄙之外并无任何用处，于是他才停了下来。他本来并无意分手，他这么说只是试图威胁对方，可当她同意并且告诉他说，分手的确是他最应该做的事情时，他又反悔了，他拒绝分手。

她一会儿深感遗憾，一会儿又心怀怜悯。

“你最好还是现在就离开吧，”她最后大声说道，这一下声音太大了，以至于惊动了楼上的凯莉夫人。

“出了什么事情吗？”

“我要走了，凯莉夫人。”乔治伤心欲绝地说道。琼奎尔这时已经离开了房间。

“别太难过，乔治，”凯莉夫人无可奈何地安慰着他——她感到遗憾，但也同时庆幸这场小小的悲剧终于要收场了，“如果我是你，我可能会去跟母亲待上一周。或许这怎么说也是明智之举——”

“求您别再说了，”他哭着说，“请您现在别跟我说任何话！”

琼奎尔又走进了房间，她的悲伤和焦虑都已经被盖在了厚厚的脂粉和帽子下面。

“我已经帮你叫了出租车，”她的语调里没有任何私人情感，“我们可以坐车先兜兜风，直到你的火车快要开的时候。”

她走出了门廊。乔治穿好大衣，戴上帽子，在客厅里身心俱疲地站了一分钟——从离开纽约到现在，他几乎没吃过什么东西。凯莉夫人走过来，抚摸了他低下的头，亲吻了他的脸颊，这使他感觉到自己看起来一定是可笑又可怜，因为这类最后一幕也总是如此可笑又可怜的。他要是昨天晚上就离开的话，至少还能保留最后的一点尊严。

出租车已经到了，这对曾经的恋人坐在车里，在稀稀落落的大街上兜兜转转了一个小时。他握着她的手，在阳光里人变得冷静了很多，他意识到，现在无论再去做什么或说什么都已经太迟了。

“我会回来的。”他对她说。

“我知道你会的，”她回答说，努力让自己的声音听起来愉快一些，“我们也许偶尔可以写写信。”

“不，”他说，“我们不会写信。我受不了那样。总有一天我会回来的。”

“我永远不会忘记你，乔治。”

他们到了车站，她陪他一起去了买票的窗口。

“怎么，这不是乔治·奥凯利和琼奎尔·凯莉吗！”

原来是乔治以前在城里工作时认识的一男一女，琼奎尔跟他们打招呼的时候，似乎是松了一口气。接下来的五分钟，他们站着聊了会儿天；然后火车呼啸着进了站，乔治脸上带着难掩的痛苦，向琼奎尔伸出了双臂。而她犹疑地朝他迈了一步，踌躇着，然后握紧了他的手，仿佛她只是在跟一个偶遇的朋友送行一样。

“再见，乔治，”她说，“祝你旅途愉快。”

“再见，乔治。记得再来看看我们。”

他伤痛无言，几乎睁不开双眼，只能抓起手提箱，神情恍惚地登上了列车。

列车朝着夕阳的反方向开动了，咣当咣当地穿过城区的一个个交叉路口，进入宽阔的郊野后开始渐渐加速行驶。或许她此刻也在刹那的驻足中看到了夕阳吧，然后在转身之间回忆起他们的往昔时光，直到在她的梦里将他彻底忘却为止。这傍晚的薄暮将会永远地把属于他青春世界中的一切——那些阳光、树木、花朵和笑声——一同掩埋起来。

4

第二年的九月份，一个潮湿的下午，从一趟抵达田纳西州小城的列车上，走下了一位古铜色脸庞的年轻人。下车以后，他焦虑地环顾了一下，发现四周并没有认识他的人，便似乎松了一口气。他搭乘出租车去了城里最好的旅馆，登记入住的时候，这位年轻人带着一点自得的心情，签下了自己的名字与信息：乔治·奥凯利，库斯科，秘鲁。

他在房间的窗口边坐了几分钟，向下望着那熟悉的街道。然后，他用微微颤抖的手拿起电话听筒，拨通了一个电话号码。

“请问琼奎尔小姐在吗？”

“我就是。”

“哦——”他努力稳了下自己略带颤抖的声音，尝试用一种友好而正式的语气继续说。

“我是乔治·奥凯利。请问你收到我的信了吗？”

“是的，我以为你今天要来。”

她的声音听起来冷静而无动于衷，这使他心烦意乱。这绝非他所预料的，因为那是一种陌生人的声音，完全没有兴奋的情绪，只是一种礼节性的欢迎——仅此而已。他只想立刻放下电话，喘口气。

“我——好久没见到你了，”他成功说出了这句话，“已经一年多了吧。”

他当然知道已经有多久了——到今天为止，他一直是数着日子在过的。

“能再次和你通话真是太好了。”

“我大约一小时后到你那儿。”

他挂断了电话。在过去四个漫长的季节里，他的每一分钟闲暇时间都在期待着现在这一刻，而它终于到来了。他设想过各种可能——比如发现她结婚了，或是订婚了，或是又恋爱了——可他唯独没想到她会对他的归来完全无动于衷。

他觉得，这辈子他恐怕再也不会有过去十个月的这种经历了。作为一个年轻工程师，他的出色表现是无可置疑的——由于偶然间抓住了两个不寻常的机会，一个在秘鲁，就是他刚回来的地方，还有一个是在纽约，凭着这两步，他在短短的时间里从一文不名的穷小子跃升为前途无量的年轻人。

他看着梳妆镜里的自己。他的皮肤已经被晒成了近乎黝黑色，不过这是一种浪漫的肤色，上周他刚好有时间思考了一下这件事，而这给了他相当大的乐趣。他身形健壮，也令他觉得自己颇有魅力。他的眉毛在某地被刮掉了一部分，膝盖上也还缠着弹性绷带，可他太年轻了，以至于并没有意识到在汽船上不少女性都在用一种饶有兴味的眼神打量着他。

当然，他的衣着还是有点儿可怕。这是利马的一个希腊裁缝在两天内为他赶制的。他还是太年轻了，居然还专门给琼奎尔写了封信解释这个裁缝的糟糕手艺。信上除此以外还提到的一个细节是请她不要来车站见他。

来自秘鲁库斯科的乔治·奥凯利，在酒店等了足足一个半小时，准确地说，他一直等到了太阳到达天顶的位置。然后，他刮干净胡子，并用了些滑石粉，让肤色更接近白种人的颜色，这可以说是虚荣心最终还是战胜了浪漫情怀——然后他搭上一辆出租车，向着那座他太过熟悉的房子驶去。

他开始有些呼吸困难——他注意到了这一点，不过他告诉自己，这是因为兴奋，而不是因为情绪。他又来到了这里；而她还没有结婚——这就够了。他甚至还没想好应该跟她说些什么。可是现在不就是他的生命中最为重要的时刻吗？毕竟，如果一场胜利最终跟俘获芳心没有关系的话，这还能算是胜利吗？就算现在他没能把自己的战利品堆放在她的脚下，也至少应该手捧着它们，在她经过的时刻，让她亲眼看到才是。

那座他太过熟悉的房子，似乎是突然间便矗立在了他的面前。而浮现在他脑海的第一个念头是这房子似乎有点儿奇怪的不真实感。说起来什么都没有变——只不过一切都变了。它变小了，看起来比以前更破旧了——再没有魔法般的云彩盘旋于屋顶，或者流连于她楼上卧室的窗外。他按动了门铃，一个陌生的黑人女仆出现了，告诉他琼奎尔小姐一会儿就下来。他紧张地舔了舔嘴唇，走进客厅——那种不真实的感觉又增加了。毕竟，他看到，这只是一间屋子，而不再是那个让他度过了无数痛苦时刻却又令他魂牵梦绕的被施了魔法的闺房。他坐在椅子上，惊奇地发现那仅仅是一把椅子，他开始意识到他的想象力曾经将所有这些简单而熟悉的东西扭曲了，然后给它们涂抹上了一层颜色。

门开了，琼奎尔小姐走进了房间——忽然之间，一切在他的眼前都似乎变得模糊不清起来。他已经忘记了她到底能有多美，他感到自己的脸色变得煞白，声音卡在发紧的喉咙里，只发得出低弱的叹息声。

她穿着淡绿色的衣服，用一条金色的丝带把她乌黑顺直的头发束了起来，仿佛是在头顶戴了一顶王冠。当她穿过房间时，那双他所熟悉的丝绒般的眼睛再一次摄住了他的心魂，一股惊惧的电流霎时传遍了他的全身，因为正是她的美，令他如此痛彻心扉。

他说了句“你好”，两人分别向前走了几步，握了握手，然后坐在了两把相隔很远的椅子上，隔着房间对视着。

“你回来了。”她说。而他也故作平常态，回答说：“我就想顺道过来看看你。”

他试图通过看向她以外的任何地方，来消除自己声音里的震颤。他应该主动找些话题，可是除非他马上开口吹嘘自己，似乎并没有太多可说的。他们以前的关系中几乎没有多少随意的时刻——而显然在这种境况下也并不可能真的去谈论天气之类的。

“这太可笑了，”他突然有些尴尬地打破了沉寂，“我不知道咱们现在能做点儿什么？我来这儿是否打扰到你了？”

“没有。”这个回答是有所保留的沉默，不带人情味儿到令人伤感。他听了很沮丧。

“你订婚了吗？”他问道。

“没有。”

“你又爱上谁了吗？”

她摇了摇头。

“哦。”他向后靠在了椅子上。另一个话题似乎也进行到头了——这场谈话没有他计划中顺利。

“琼奎尔，”他说道，这次的语气更柔和了，“毕竟我们两人之间曾发生过这么多事，我想回来看看你。不管我将来会做什么，我都不可能再像爱你那样去爱另一个女孩了。”

这是他排演过的一段台词。在船上时，他的语调听起来是恰到好处的——因为它既指向了他对她一如既往的温存怀恋，又糅入了某种他已然放下了她的释然心境。可是当他在这间屋里说出这句话时，所有那些在他身后和身旁的过去，以及每一分钟都在变得更加沉重的空气，让这句话听起来只剩了一点儿逢场作戏和陈词滥调的味道。

她一言不发，一动不动地坐在那里，眼睛盯着他，脸上是一副难以捉摸的表情，似乎大有深意，但又或者全无所指。

“你已经不再爱我了，对吗？”他用平静的声音问她。

“不爱了。”

一分钟后，当凯莉夫人走进来，跟他谈论他的成功时——当地的报纸上有半个专栏都是关于他的——他内心里百感交集。他知道他依然爱这个女孩，他也知道总有午夜梦回的时刻——但也仅此而已。对他而言，剩下的事情，就只有保持坚强和警惕，走一步看一步了。

“所以现在，”凯莉夫人说，“我觉得你俩可以到那位种了很漂亮的菊花的夫人家去看看。她特别跟我提过，她想要见见你，因为她在报纸上读到过你的故事。”

他们去拜访了那位种菊花的夫人。两个人沿着街道走的时候，他注意到她迈着细碎的步伐努力跟上他，这让他有点儿兴奋。那位夫人非常友善，她种的菊花每朵都硕大无比、格外美丽。夫人的花园里到处是各种颜色的菊花，白色的、粉色的、黄色的，所以他们像是进行了一次回到盛夏时分的旅行。夫人家有两个花园，通过一扇门相连；当他们参观完第一个花园，向第二个花园漫步时，夫人在前面先穿过了门，为他们引路。

这时奇怪的事情发生了。乔治走到门的一边，绅士地请琼奎尔先走过去，但她并没有动，只是站在那里一动不动地盯了他一会儿。她的表情并不是微笑，这带来了一个沉默的时刻。他们互看了一眼对方的眼眸，两人都做了一个短暂的深呼吸，然后走进了第二个花园。仅此而已。

下午的时光逐渐消逝了。当他们谢过了那位夫人，慢慢走回家的时候，两个人都若有所思，并排地走着。晚饭时他们也都默不作声。乔治跟凯莉夫人讲起他在南美遇到的一些事情，也设法让这些听起来会让人明白将来的他一切都会一帆风顺的。

晚饭结束后，他和琼奎尔独自待在客厅里，这儿见证了他们恋爱的开始与结束。对他来说，这似乎是一件很久以前发生的难以启齿的悲伤故事。就在那张沙发上，他曾感受到这辈子可能都不会再有的那种痛苦和悲伤。而他再也不会那样虚弱，或者疲惫，或者痛楚，或者穷困了。然而他知道，十五个月前那个男孩所拥有的某种东西，一种信任，一种温暖，已经永远地消逝了。明智的选择——他们所选择的是一种明智的选择。他用最初的青春换来了力量，在绝望中斩获了成功。可是生活把爱情的鲜活连同他的青春岁月一同带走了。

“你不会嫁给我的，是吧？”他平静地说。

琼奎尔摇了摇头。

“我永远也不会结婚的。”她回答说。

他点了点头。

“我明天早上就去华盛顿了。”他说。

“哦——”

“我确实得走了。我得第一时间赶到纽约，同时我也想在华盛顿稍作停留。”

“因为生意！”

“不——不是，”他有点儿勉强地回答道，“那儿有个人，我得去看看他，从前我穷困潦倒的时候，他对我很好。”

这是他临时编的。华盛顿其实并没有这么一个人是他要去看望的——但他仔细地看着琼奎尔，他能确定她皱了下眉头，闭上了眼睛，然后又睁大了。

“不过在我离开之前，我想告诉你，自从我见到你以来，在我身上所发生的事情，然后，因为也许我们可能再也不会见面了，我在想，你是否，如果就这一次的话，你是否愿意像你从前那样坐到我的腿上来。因为现在我们也都没有跟其他人交往，不然我是不会这样问你的——当然，或许这其实也无关紧要。”

她点了点头，不一会儿，她就坐在了他的大腿上，就像在那个逝去的春日里她时常所做的那样。他感受着她的头靠在自己肩膀上，感受着她熟悉的身体，这些都触电般激起他的情感。他的双臂搂住她，却只想要将她搂得更紧，于是他把身体向后一靠，对着空气开始若有所思地讲述起来。

他告诉她自己回到纽约的那两个星期的绝望生活，然后因为泽西市一家建筑工厂的一个工作，他结束了在纽约的生活，那工作虽不是很赚钱，却也很有吸引力。而当秘鲁的生意首次出现时，它似乎并不是一个非常好的机会。他只是这个项目的探险队里第三助理工程师，而队里一共只有十名美国人，其中包括八名标尺手和测量员，去过库斯科。十天后，探险工程队的队长死于黄热病。那成为他的机会——只要不是傻子，这是对任何人而言一个天大的好机会——

“只要不是傻子，这是对任何人而言的好机会？”她天真地打断了他的话。

“即便是对一个傻子，”他继续说，“那也是太棒的机会了。嗯，我给纽约发了电报——”

“所以，”她又打断他，“他们打电报说你应该试试看？”

“应该！”他喊道，仍然向后靠着，“那是我不得不做的，没有时间可以浪费了——”

“一分钟都没有？”

“一分钟也没有。”

“就连……”她停顿了一下。

“就连什么？”

“就连看一眼的时间都没有？”

他突然俯下头，她也同时向他靠近，那一刻，她的嘴唇像花一样半张着。

“是的，”他轻声对她说，“这个世界有的是时间……”

这个世界有的是时间——他的一生和她的一生。但在他亲吻她的那一瞬间，他便明白了任他如何在永恒中寻找，那些失去的四月的时光也无法再找回了。此刻的他可以紧紧地搂住她，直搂到手臂的肌肉抽筋——她是如此令他向往的稀世珍宝，他可以为她去奋斗一生、付出一切——可那些暮色中的窃窃私语，还有夜晚那醉人的微风，都已经一去不复返了。

好吧，就此随缘放下吧，他想：四月已逝，四月已逝。这世上有各种各样的爱，但没有一种爱可以重来。

Gretchen's Forty Winks

格里卿四十次眨眼

1

在瑟瑟寒风中，枯树叶在人行道上盘旋翻滚，邻居家的淘气孩子舔了舔门口的铁制邮箱，结果舌头就被冻在邮箱上了。等不到夜幕降临，这雪就会下下来的。秋天已经过去了。冬天的来临意味着要购买取暖用的炭火，也要筹备如何过圣诞节。但是罗杰·哈尔西站在自家的门廊上，仰望着头顶阴气沉沉的郊区天空，他可没有闲情逸致担心天气。他埋头急匆匆地走进屋里，把炭火和圣诞节都关在了屋外寒冷的暮色中。

大厅里一片漆黑，从楼上不断传来妻子、保姆和婴儿的声音，他们仨儿总是有没完没了的话要说，他们的对话内容主要是："不许这样！""当心，马克西！""哦，他怎么跑到那里去了！"其间夹杂着严厉警告的声音、低沉碰撞的声音以及从不停息的、勇往直前的小小脚步声。

罗杰打开了大厅的灯，走进客厅，又打开了装着红绸灯罩的客厅灯。他把鼓鼓的公文包扔在桌上，一屁股坐下，把自己紧张疲惫的脸深深地埋进手里，整整几分钟，没让一丝光线照到那张年轻的脸庞上。随后，他起身点燃了一支香烟，几口吸完，旋即掐灭，他走到楼梯下，叫了声他妻子的名字。

“格里卿！”

“你回来啦，亲爱的，”她的声音里充满了笑意，“快来看看宝宝。”

他不满地低声嘟囔。

“我现在不能上去看宝宝，”罗杰大声回应道，“你能快点儿下来吗？”

楼上莫名地安静了下来，紧接着又是一连串的“不许这样！”和“当心，马克西！”显然，楼上刚刚又避免了一些灾难的发生。

“你能快点儿下来吗？”罗杰又重复喊了一遍，他已经有些生气了。

“噢，我很快下去。”

“很快是多快？”他叫喊了起来。

每天这个时候，罗杰都很难把自己的语气从城市办公室里的急不可耐调节到郊区模范家庭里的恰适随意。但是今晚他显得格外不耐烦。当看到格里卿三步并作两步地急急忙忙下楼，嘴里还惊讶地嚷嚷着“怎么了？怎么了？”的时候，罗杰几乎都要感到失望了。

他们又情不自禁地拥吻缠绵了起来。他们已经结婚三年了，但是比其他结婚三年的夫妻更加深爱彼此。结婚不久的年轻夫妇有时会对彼此产生强烈的恨意，而他们则很少。罗杰仍然能够沉醉于妻子的美貌。

“过来这边，”罗杰突然说，“我有话想跟你说。”

她随着他走进了客厅。他的妻子是一位像法国布娃娃般明艳动人的美人，拥有一头茶褐色的秀发。

“听我说，格里卿，”罗杰坐在了沙发的一角，“从今天晚上开始，我就要……你在做什么？”

“没事，你继续，我就是找支烟。”

她找到支烟，屏息静气、蹑手蹑脚地走回沙发，坐在了沙发的另一端。

“格里卿——”他又不得不停了下来。格里卿掌心朝上，向他伸出了手。“又怎么了？”他暴躁地问道，感觉自己快要失控了。

“火柴。”

“什么？”

他急躁难耐，而她竟然还在要火柴，真是不可理喻！但他还是下意识地在口袋里摸索，把火柴拿出来递给了她。

“谢谢，”她轻声说道，“我不是故意打断你的，你继续。”

“格里卿——”

哧——火柴划亮了。他们立刻紧张地对看了一眼。

这一次，她那双小鹿般的眼睛忽闪忽闪地、默默地向他表示着歉意，他忍不住笑了。毕竟，她只是点了一支烟而已；只是在他当下的心情里，她那一点儿小小的动作都会使他非常恼火。

他气鼓鼓地说：“什么时候等你有时间听我说话了，你也许有兴趣和我讨论一下济贫院的问题。”

“什么济贫院？”她吓了一跳，眼睛瞪得大大的，一动不动地坐着。

“没有什么济贫院，我这么说只是为了引起你的注意。但是，从今晚开始的之后六周将会是我一生中最重要的六周——这六周将决定我们是否会永远住在这个破烂郊区小镇的破烂房子里。”

格里卿黑色眼眸里的惊慌立刻转变成了无聊。她是一个南方女孩，如何在这个世界取得成功是她毫不在意的问题。

罗杰继续说：“六个月前，我离开了纽约平版印刷公司，选择从事广告行业……”

“我知道，”格里卿愤愤不平地打断他，“然后我们现在每个月没有了稳稳当当的600美元，而是靠着不知道什么时候能拿到的500美元过日子。”

“格里卿，”罗杰厉声说道，“如果你能再努力地相信我六个星期，我们就会变得富裕了。我现在有机会赢得一些全国最大的客户。”他犹豫了一下，继续说：“在这六个星期里，我们不要外出，也不要邀请别人来家里。我每天晚上都需要带一些工作回家继续做，我们需要拉下所有的百叶窗。如果有人按门铃，我们也不要去应。”

他故作轻松地笑了笑，好像这是他们要玩的一个新游戏。格里卿默不作声，他的笑容也逐渐消失了，他不确定地看着她。

“好吧，这有什么可高兴的呢？”她终于开口了，“难道你想让我现在载歌载舞吗？你每天的工作已经够多了。如果你还要做更多，你会精神崩溃的。我读过一篇……”

“别担心我，”罗杰打断了她，“我没事，但是让你每天晚上都待在家里，你可能会觉得无聊得要命。”

“不，我不会觉得无聊的，”她犹豫地回答道，“除了今晚。”

“今晚怎么了？”

“乔治·汤普金斯请我们去吃晚餐。”

“你答应了？”

“我当然答应了，”她不耐烦地说道，“为什么不呢？你总是说这是一个多么多么糟糕的街区，我想也许你想去一个更好的地方换换心情。”

“当我到了一个更好的街区的时候，我就更不想回来了。”他冷冷地说。

“所以，我们能去吗？”

“如果你已经答应了，我想我们就不得不去了。”

他心情很差，草草地结束了谈话。格里卿却开心得跳了起来，匆匆地吻了吻他，冲进厨房烧热水洗澡。他叹了口气，小心翼翼地把带回来的文件夹塞进书架。里面虽然只夹着供展示广告用的草图和布局图，但是在他看来，这是家里最宝贵的东西，如果家里进贼，这个文件夹会是窃贼要找的第一件东西。然后他心不在焉地上了楼，走进婴儿房随意地吻了一下马克西之后，就回到自己的房间为外出晚餐换衣服了。

罗杰·哈尔西和格里卿·哈尔西没有汽车，所以乔治·汤普金斯约好了6点半来接他们。汤普金斯是一位功成名就的室内装修设计师，他的脸庞宽阔而红润，修剪整齐而漂亮的小胡子总是散发着浓烈的茉莉花香。他和罗杰曾经在纽约的一家寄宿公寓里做过邻居，但在过去五年里他们的来往并不多，只是断断续续地见过几面。

“我们应该多来往、多见见面的，”汤普金斯在晚餐时候对罗杰说，“老朋友，你应该多出来走动走动。来点儿鸡尾酒？”

“不用了，谢谢。”

“不要吗？好吧。那你这位可爱的妻子呢？格里卿，你要来点儿吗？”

“我太喜欢这所房子了，”格里卿大声说着，摇晃着斟满鸡尾酒的杯子，艳羡地看着房间四周装饰的船模、殖民时代的威士忌瓶和其他标志着1925年流行趋势的装饰物件。

“我也很喜欢这里，”汤普金斯志得意满地说道，“我做这些就是为了取悦我自己，显然我做到了。”

罗杰闷闷不乐地盯着他们身处的房间，装修得如此呆板平庸，要是说他们现在是闯入了一间厨房用餐，他都不会觉得诧异。

“看看你的鬼样子，罗杰，”汤普金斯说道，“喝杯鸡尾酒吧，振奋一下。”

“喝一杯吧。”格里卿也劝他。

“什么？”罗杰心不在焉地转过身来，“哦，不了，谢谢。我回家后还要工作。”

“工作！”汤普金斯笑了。“听着，罗杰，你会过劳死的。你为什么不能平衡一下你的生活、张弛有度呢——工作时间勤奋工作，休息时间尽情放松？”

“我也是这么告诉他的。”格里卿附和道。

“你知道一个普通上班族的一天是怎么过的吗？”晚餐摆上了桌，汤普金斯边吃边继续说道，“早上一杯咖啡，然后埋头干8个小时的活儿，中间囫囵地吃顿午餐，然后又带着消化不良和坏脾气回家跟妻子共度一个愉快的夜晚。”

罗杰撇嘴一笑，冷淡地说：“你这是电影看得太多了。”

“什么？”汤普金斯有些恼怒地看着他，“电影？我这辈子就几乎没看过电影。对我来说，看电影就是在浪费生命。我的观点都来自我自己对生活的观察。我相信平衡的生活。”

“那究竟什么是平衡的生活呢？”罗杰追问道。

“好吧——”汤普金斯犹豫了一下，“可能能让你明白的最好办法就是描述我自己的一天。但是这样会不会显得我太自大自夸了呢？”

“哦，当然不会了，”格里卿饶有兴趣地看着他，“我很想听。”

“好吧，我早上起床后会先做一系列的运动。我把一个房间改成了小型的健身房，我打沙袋、空拳练习攻防加上举重，一共大概一个小时。然后洗个冷水澡——对了！你每天洗冷水澡吗？”

“不洗，”罗杰说道，“我一周会洗三四次热水澡。”

屋里一阵尴尬的寂静。汤普金斯和格里卿交换了一下眼神，好像他们听到了什么不堪入耳的话似的。

“那又怎么了？”罗杰生气地大声说道，瞥了眼汤普金斯，又看了看格里卿，“你知道我不是每天洗澡的——我根本没那时间。”

汤普金斯长长地叹了口气。

“洗完澡之后，”汤普金斯接着说，仁慈地回避了洗澡的问题，“我先吃早饭，然后开车去纽约的办公室，在那里一直工作到四点，然后我就停工休息了。夏天的话，我会抓紧时间去打场九洞高尔夫球；冬天的话，我就在俱乐部里打一个小时壁球。运动之后，晚餐之前，还能爽爽快快地打上一场桥牌。晚餐的时候可能需要应酬一下，但也是以一种愉快的方式。有可能是我刚为某个顾客完成了一所房子的装修，他想在第一次聚会上，看看灯光是否足够柔和，也听听我的意见，诸如此类的事情。或者有时候，我会拿上一本好的诗集坐下来，独自度过一个晚上。无论如何，我每天晚上都会做些什么让我能够彻底放松。”

“这听起来太棒了，”格里卿满腔热情地说，“我希望我们也能过那样的生活。”

汤普金斯一脸认真地俯身向前，双手撑在桌子上。

“你们当然可以，”他郑重其事地说，“你们完全有理由过上这样的生活。你看，如果罗杰每天打打九洞高尔夫球，那一定会对他很有帮助的。他都不了解他自己。那样的话，他可以把工作做得更好，永远不会有那种疲惫、紧张的感觉——你到底是怎么回事？”

罗杰毫不掩饰地打了个哈欠，打断了汤普金斯的讲话。

“罗杰，”格里卿厉声喊道，“你没有必要表现得如此粗鲁吧。如果你照乔治说的做，你肯定会感觉好很多的。”她气愤地转向晚餐的主人，“我们最新的计划是，他要在接下来的六个星期的晚上连续加班。他说他要拉下百叶窗，把我们都关起来，就像山洞里的隐士一样。他在过去的一年里每个星期天也都是在加班；现在他要在六个星期里的每晚都这样做。”

汤普金斯表情悲痛地摇了摇头。

“六个星期后，”他说，“他会需要去疗养院了。听我说，纽约的每家私立医院都有像你这样的病例。你就是让工作把你的神经绷得太紧了，总有一天，你会‘砰’地一下子崩溃的。为了挤出60个小时的工作时间，你需要之后卧床60个星期来疗养和弥补。”他停下来，换了种口气，微笑着转向格里卿：“更不用说落在你身上的压力了。在我看来，在这些疯狂的过度工作期间，首当其冲遭遇麻烦的是妻子而不是丈夫。”

“我并不介意。”格里卿真诚地说道。

“才不是，她会介意的，”罗杰冷冷地说，“她介意得要命。她就是一个没有见识的短视的小恶魔，在我的事业有所起色和她又可以买新衣服之前，她就会觉得永无出头之日。她的这些想法对我来说毫无帮助。女人最可悲的就是，毕竟，她们最擅长的就是做甩手掌柜、置身事外、坐享其成。”

汤普金斯不无惋惜地说：“你对女人的看法怎么还停留在20年前？现在的女人可没有耐心坐在那里等你。”

“那她们最好都嫁给四十岁的男人，”罗杰固执地坚持说，“如果一个女人为了爱情而嫁给一个年轻人，而她的丈夫又有上进心，那么她就应该做好准备做出合理的牺牲。”

“我们别谈这个了，行不行？”格里卿不耐烦地说，“拜托，罗杰，我们今天就好好放松一下吧。”

当十一点汤普金斯把他们送回家时，罗杰和格里卿在人行道上站了一会儿，一起抬头看着天空中冬夜的月亮。细若尘土的雪花洋洋洒洒地落下，罗杰深深地吸了一口气，突然兴高采烈地搂着格里卿。

“我能挣得比他还多，”他笃定地说，“再过四十天我就能挣得比他还多了。”

“还要四十天啊，”她叹了口气，“还要那么长时间啊——别人都还能像往常一样玩得很开心。要是我能一口气睡四十天就好了。”

“为什么不呢，亲爱的？眼睛一闭一睁，一天就过去了，就像眨了四十次眼睛，等你醒来一切都会好起来的。”

她沉默了片刻。

“罗杰，”她若有所思地问，“你认为乔治说的星期天带我骑马是认真的吗？”

他皱起了眉头。

“我不知道。也许他不是认真的——他最好不是认真的。”罗杰犹豫了一下：“其实，他今晚让我有点儿难受——他那套洗冷水澡的鬼话。”

他们互相搀扶着，开始向家走去。

“我敢打赌他其实不会每天早上洗冷水澡，”罗杰沉思着继续说，“最多一个星期洗三次。”他在口袋里摸索着找钥匙，用力又准确地把钥匙插进锁里。接着，他转过身轻蔑地说：“我敢打赌，他已经一个月都没洗过冷水澡了。”

2

两个星期的紧张工作之后，罗杰·哈尔西对于日期的概念已经变得模糊不清了，时间就这样三五天三五天地过去了。每天从早上8点到下午5点半，他一直待在办公室里，然后坐半个小时的火车通勤回家。在昏暗发黄的火车车厢里，他还会在文件信封的背面潦草地写着笔记。吃过晚饭，从7点半开始，他会在客厅的桌子上铺开白纸板、蜡笔和剪刀，坐在那儿边咕哝边叹气，一直干到半夜。格里卿则拿上一本书坐在沙发上陪着他。门铃偶尔会在关得严丝合缝的百叶窗外面叮当作响，但是没有人会去应答。半夜十二点的时候，夫妇俩总是争论是否要上床睡觉。罗杰一般会同意把一切都收拾好了就去睡觉；但是，他总是会突然产生一些新的想法而分身乏术，所以当他踮着脚尖上楼时，格里卿早已经睡着了。

有时到了凌晨三点，罗杰才把最后一支烟按灭在满是烟头的烟灰缸里。他摸黑脱下衣服，身心俱疲，但是又带着一种胜利的感觉——他又撑过了一天。

圣诞节来了，又过去了，罗杰几乎没有注意到圣诞节已经结束了。他后来想起那一天是因为那时他完成了加洛德牌皮鞋的橱窗展示牌。这是他在明年一月份能指望的八个大客户之一——如果他能争取到其中一半的客户，就能接到每年 25 万美元的订单。

但是在工作以外，罗杰的世界却逐渐变成像梦境一般混沌不清。他能想起来的是，在 12 月的两个凉爽的星期天，乔治·汤普金斯带格里卿去骑了马；还有一次，她坐汤普金斯的车去了乡村俱乐部滑雪。某天早上，一张汤普金斯的照片，装在昂贵的相框里，堂而皇之地挂在了罗杰和格里卿的卧室墙上。某天晚上，格里卿还要和汤普金斯去城里看电影，罗杰震惊不已，向妻子表示了强烈的不满。

好在他的工作几乎已经完成了。现在，每天都有他的设计图从印刷厂运到办公室，七份设计图最终整齐堆叠在了保险箱里。他知道它们是多好的作品，这是钱买不到的设计；他自己都没有意识到，这些作品里倾注了他多少心血与感情。

日历翻过了十二月，就像最后一片枯叶从树上滑落。其中有一周特别痛苦，因为罗杰不得不放弃咖啡，咖啡因让他的心脏怦怦直跳，不堪重负。他现在只要再坚持四天或者三天——

星期四下午，H.G. 加洛德将抵达纽约。星期三晚上，罗杰七点钟回到家里，发现格里卿正仔细盯着 12 月份的账单，眼里满是奇怪的神色。

“究竟发生什么事了？”

她侧头示意了手里的账单。他接过来，浏览了一遍，不由得皱起了眉头。

“我的天！”

“我没办法，我控制不住我自己，”格里卿突然说道，“这些账单太可怕了。”

“唉，算了吧，我娶你也不是因为你能勤俭持家。我会设法处理这些账单的。你的小脑袋就别为这个担心了。”

她冷冷地看着他：“你这样说话好像我是个孩子似的。”

“我也只能这样了。”他突然生气地说。

“噢，那太好了，至少我不是一个你可以随便扔在哪里然后就抛在脑后的小摆设。”

他急忙跪在她身边，双手紧紧握住她的胳膊。

“格里卿，你听我说，”他激动得都结巴了起来，“看在上帝的份儿上，我们不要现在垮掉！我们现在都被恶意和责难填满了，如果我们现在吵架那就太可怕了。我爱你，格里卿。说你爱我，快说你爱我——快！”

“你知道我是爱你的。”

这一次的争吵是避免了，但整个晚餐期间罗杰和格里卿之间都有一种不自然的紧张。而当他又一次把工作材料摊在桌上的时候，这种紧张被推到了顶点。

“噢，罗杰，”她抗议道，“我还以为你今晚不用加班了。”

“我也以为我不用，但是突然想到了一些点子。”

“我今晚邀请了乔治·汤普金斯来家里。”

“哦，天哪！”他大声嚷道，“我很抱歉，亲爱的，但是你必须打电话给他，让他今晚不要来。”

“他已经出发了，”她说，“他是直接从城里过来的。现在他可能都快到了。”

罗杰不免抱怨起来。他宁愿她和汤普金斯现在一起出去看电影，但不知怎么的，这个提议话到嘴边，又生生咽了回去。他不想让她去看电影；他希望她在这里，他希望她陪着他，一抬头就能看到她在身边，这让他感到安心。

八点钟的时候，乔治·汤普金斯一脸轻松地到了。“啊哈！”他走进房间，责备似的叫喊起来，“还在加班呢。”

罗杰冷淡地跟他打了个招呼。

“最好休息一下——最好在你必须休息之前休息一下。”汤普金斯舒服地坐了下来，长长地舒了一口气，点燃了一支烟。“让我这个能够科学看待问题的人给你些建议吧，我们以为我们能承担这么多工作，然后——砰——”

“我失陪一会儿，”罗杰尽可能礼貌地说，“我要上楼去完成这项工作。”

“随便你，罗杰，”乔治漫不经心地挥了挥手，“我不介意，反正我是你们一家人的朋友，我见到太太就跟见到先生一样高兴。”他开玩笑地笑了。“但如果我是你，老伙计，我会放下工作，好好睡一觉的。”

当罗杰把他的工作材料摊开在楼上的床上时，他发现他仍然能够透过薄薄的地板听到他们在低声说话。他开始好奇他们究竟在谈什么。每当他打算埋头工作时，他的脑子就会跟他玩急转弯的游戏，回到他对楼下谈话的好奇心上。他站起来好几次，坐立不安地在房间里踱来踱去。

床上也不适合他办公。床面凹凸不平，白纸好几次从板子上滑落。床垫也太软了些，铅笔几次戳穿纸面。今晚一切都不对劲儿。伴随着太阳穴的跳动，字母和数字在他眼前模糊不清，楼下还不断传来那持续的低语声。

时钟敲了十下，他意识到自己在过去的一个多小时里什么都没做，不由得发出一声惊叹。他一把拢好纸张文件，塞进自己的文件夹里，然后走下楼去。当他下到客厅的时候，格里卿和汤普金斯正坐在沙发上。

“哦，亲爱的！”格里卿喊道。

他心想：“干吗搭理我。”

“我们只是在讨论你。”格里卿说。

“谢谢，”他略带讥讽地回答，“你们握着手术刀正在研究我身体的哪一部分呢？”

“你的健康。”汤普金斯愉快地说。

“我很健康。”罗杰很快回答道。

“但是你这么想是自私的，老伙计，”汤普金斯喊道，“你只在考虑自己的事情。你不认为也应该考虑考虑格里卿的权利或者感受吗？如果你正在写一首很棒的十四行诗，或者画一幅圣母像或谁的肖像画”——他瞥了一眼格里卿的茶褐色秀发——“那么我就会说，去吧，去做吧，但是你不是。你只是在做一则诺巴德生发水的愚蠢广告。就算明天所有的生发水都被倒进海里，这个世界也不会受到丝毫影响的。”

“等一下，”罗杰生气地说，“你这么说不太公平。我并没有自欺欺人地觉得我的工作很重要——它就像你的工作一样没用。但对格里卿和我来说，这是现在世界上最重要的事情。”

“你是在说我的工作一无是处？”汤普金斯怀疑地问道。

“我可没这么说。如果你的工作能给一个钱多得不知道怎么花的愚蠢的成衣制造商带来快乐，那就不是一无是处。”

汤普金斯和格里卿面面相觑。

“哦，哦，哦！”汤普金斯讽刺地说，“我都没意识到这么多年来我只是在浪费时间。”

“你是个懒蛋。”罗杰已经无法维持基本的礼貌了。

“我？”汤普金斯生气地叫喊道，“你说我懒，就是因为我能在生活中找到点平衡，我会找时间做一些有趣的事情吗？就是因为我既努力工作又尽情玩乐吗？就是因为我不让自己变成一个令人乏味、令人厌烦的苦力吗？”

两个人现在都怒火中烧，他们的嗓门也不由得提高了，尽管汤普金斯的脸上仍然残存了些微笑的样子。

“我有意见的是，”罗杰平静地说，“这六个星期以来，你好像跟我的家人走得太近了。”

“罗杰！”格里卿喊道，“你这样说话是什么意思？”

“就是这个意思。”

“你只是在乱发脾气，”汤普金斯故作冷静地点了支烟，装腔作势地抽了一口，“你工作太紧张了，都不知道自己在说什么。你正处于神经崩溃的边缘……”

“你给我滚出去！”罗杰凶狠地叫道，“在我把你扔出去之前，滚出去！”

汤普金斯愤怒地站了起来。

“你——你要把我扔出去吗？”他不可置信地叫道。

他们叫喊着冲向对方，格里卿赶紧挡在他们中间。她一把拖住汤普金斯的胳膊，催促他赶快离开。

“乔治，别跟他一般见识。他就是个傻瓜，但你最好现在离开。”她喊道，在大厅里寻找他的帽子。

“他是在羞辱我！”汤普金斯喊道，“他威胁要把我赶出去！”

“别跟他一般见识，乔治，”格里卿恳求道，“他都不知道自己在说什么。不过你快走吧！我们明天十点钟见。”

她去大厅打开了门。

“明天十点钟你不会去见他的，”罗杰坚定地说，“他也不会再到这所房子里来。”

汤普金斯转向格里卿。

“噢，对了，这是他的房子，”他建议道，“也许我们最好在我家碰头。”

汤普金斯走了，格里卿关上了门。她的眼里充满了愤怒的泪水。

“看看你做了什么！”她抽泣着说，“他是我唯一的朋友，世界上唯一喜欢我、对我好的人，但是他却在我自己家里被我丈夫羞辱。”

她扑倒在沙发上，抱着靠垫激动地哭了起来。

“那是他自找的，”罗杰固执地说，“我已经尽量尊重和克制了，而且我不希望你再和他出去。”

“我要和他出去！”格里卿疯狂地叫道，“我想跟他出去就跟他出去！你觉得整天和你待在一起很有趣吗？”

“格里卿，”罗杰冷冷地说道，“站起来，拿上帽子和外套，走出那扇门，再也不要回来！”

她愣住了，嘴微微半张着。

“但我不想走。”她恍惚地说。

“好吧，那就乖乖的，”他用温和的声音补充道，“我觉得你可以把这四十天睡过去。”

“哦，是的，”她痛苦地叫了起来，“说起来容易！但是我已经厌倦了睡觉。”她站起来，挑衅地看着他。“而且，我明天要和乔治·汤普金斯一起去骑马。”

“你不许去！不然我就带着你去纽约，让你在我的办公室坐着，直到我干完活儿。”

她怒气冲冲地看着他。

“我恨你，”她一字一顿地说，“我要把你做的所有工作都撕了扔进火里。为了让你明天也提心吊胆，我现在就告诉你，你明天回来的时候我可能已经走了。”

她从沙发上站起来，特意走到镜子前端详了一会儿自己满是泪痕的脸，然后跑上楼冲进卧室，砰的一声关上了门。

罗杰又条件反射一般在客厅的桌子上摊开了他的工作材料。在鲜艳的图案标志下，妩媚动人的女性模特——其中一位是以格里卿为原型的——手里拿着橘黄色的姜汁啤酒或闪闪发光的丝袜。这一切使他头晕目眩、昏昏欲睡。他手里的蜡笔永不停歇地在图片上来回移动，把一个字母模块向右移动半英寸，在各种蓝色中找出一个冷调蓝色，去掉一个使广告语读起来贫乏苍白的单词。房间里一点儿声音也没有，只有蜡笔在光滑木板上轻柔划过的声响。

过了很长一段时间，他看了看表——已经过了三点了。外面刮起了风，风从屋角呼啸而过，声音震耳欲聋，像有个沉重的物体从空中坠落一般。他停下了工作，听着风声。他现在并不觉得累，但他脑子里的血管好像都鼓胀了起来，一根根蓝色血管遍布头上，就像挂在医生办公室里的那些照片一样，照片展示的是一具剥去了表面皮肤的尸体，根根血管分明。他把头深深埋进手里，那感觉越来越强烈。血管在太阳穴周围纠结了起来，像在纠结在旧伤疤周围一样扭曲而脆弱。

突然，他开始害怕起来。以前听过的各式各样的警告掠过他的脑海。人会被过度的工作毁掉；人的身体和大脑一样脆弱而易朽。他第一次发现自己有些羡慕乔治·汤普金斯平静的神经系统和健康的日常生活。他站了起来，惊慌失措地在房间里踱步。

“我得睡觉了，”他紧张地低声说，“否则我会疯的。”

他用手揉着眼睛，回到桌子旁，开始收拾工作材料，但是手指开始颤抖，以至于他几乎抓不住纸板。抬眼看见一根光秃秃的树枝在窗前摇曳，他突然哭了起来。他跌坐在沙发上，努力清理出思路来。

“停下！停下！停下！”时钟嘀嘀嗒嗒地说着，“停下！停下！停下！”

“我不能停下，”他大声回答，“我不能停下来。”

快听！天哪，有只狼在门口！罗杰能听见它用尖利的爪子在漆过的木制门框上剐蹭，他跳起身来，跑到前门，把门一把拉开；他看到一头巨狼站在门廊上，恶狠狠地瞪着他，一双血红的眼睛盯得他汗毛竖立。接着，巨狼低吼了一声，转身消失在了黑暗中。等他的理智反应过来的时候，罗杰默默地笑了笑，他意识到那只是一只路过的警犬。

他拖着筋疲力尽的身体走进厨房，把闹钟拿到客厅，定好早上七点的闹钟，然后他裹上大衣，和衣倒在了沙发上，立刻陷入了沉沉的、无梦的昏睡。

当他再次醒来时，屋里仍有微弱的灯光闪耀，但房间里已经尽是冬日早晨的灰色晨光了。他站起来，焦急地翻看他的手，它们已经不再颤抖了，他松了一口气。他感觉好多了。接着，他开始详细地回忆前一晚的事情，眉头又不由得皱出了三条浅纹。今天又是一天的工作，二十四小时的工作。格里卿，不管她愿意不愿意，都必须再睡上一天。

罗杰的脑子里突然掠过一个想法，就像他突然闪现出一个新的广告创意一样。几分钟后，他在清晨刺骨的寒风中匆匆赶往金斯利药店。

“金斯利先生在吗？”

药剂师金斯利先生的头从处方室的一角伸了出来。

“我能单独和您谈谈吗？”罗杰问。

早晨七点半，罗杰又回到家，走进了厨房。做家务的女孩也刚到，正在摘帽子。

“宝宝，”——这不是她的昵称，这就是她的名字——“请你马上给哈尔西太太做份早餐，我要亲自端上去。”

宝宝被震惊了，对于一个如此忙碌的男人来说，为他的妻子端早餐是一件极不寻常的事情。但是，如果她看到他把托盘端出厨房后的行为的话，她会更加惊讶的，因为他把托盘放在餐桌上，往咖啡里放了半茶匙不是糖粉的白色物质，然后他走上楼梯，打开了卧室的门。

格里卿被开门声惊醒，瞥了一眼双人床的另外一半，那里平整光滑，显然没人睡过。她向罗杰投去了惊讶的目光，但当她看到他手里端着早餐时，惊讶又变成了蔑视，她以为他送早餐来是表示投降的。

“我不想吃早餐，”她冷冷地说，他的心沉了一下，“除了喝口咖啡。”

“真的不吃早餐吗？”罗杰的声音里透着失望。

“我说我只要喝点儿咖啡。”

罗杰小心翼翼地把托盘放在床边的桌子上，很快返回厨房。

“我们要外出，一直到明天下午才回来，”他对宝宝说，“我现在就要把房门窗户都关好了，所以你就赶紧戴上帽子回家吧。”

他看了看表。现在是七点五十分，他需要赶上八点十分的火车。他在楼下等了五分钟，然后蹑手蹑脚地轻轻上楼，走进格里卿的房间。她睡得正香。咖啡杯已经空了，只剩下一点黑色粉渣和一层薄薄的棕色泡沫糊在杯底。他紧张地瞧了瞧她，只见她的呼吸规律而清晰。

他从衣柜里翻出一只手提箱，飞快地把她的鞋子都塞了进去——便鞋、晚拖鞋、橡胶底牛津鞋——他从来不知道她有这么多双鞋。当他合上手提箱的时候，箱子整个地鼓了起来。

他犹豫了一会儿，从一个盒子里拿出一把缝纫剪刀，寻着电话线的走向，在梳妆台后面看不见的地方，一把剪断了藏在后面的电话线。一阵轻柔的敲门声吓得他跳了起来。噢，原来是保姆，他怎么把她给忘了呢？

“哈尔西太太和我要进城去，明天才回来，”他游刃有余地说着谎，“带马克西去海滩玩儿吧，在那儿吃午饭，再待上一整天。”

回到卧室里，一阵怜悯之情突然涌上心头。格里卿就安稳地睡在那里，显得可爱又无助。夺走她年轻生命中的一天多少是有些可怕的。他用手指轻抚她的头发，看她在梦中喃喃自语，他俯下身来亲吻了她娇艳的脸颊。然后他拿起装满鞋子的手提箱，锁上卧室门，轻快地跑下了楼梯。

3

当天下午五点钟，为加洛德牌皮鞋做的最后一批设计卡片由信使送到了比尔特莫尔旅馆，送到了 H. G. 加洛德先生的手中。他会在第二天早上作出决定。五点半，罗杰办公室的速记员拍了拍他的肩膀。

“戈尔登先生，这栋楼的主管，想见你。”

罗杰茫然地转过身来，招呼到访的戈尔登先生：“噢，您好。”

戈尔登先生直截了当地说，如果哈尔西先生打算继续保留这间办公室的话，租金拖欠这种小疏忽最好马上纠正。

“戈尔登先生，”罗杰疲倦地说，“到了明天，一切都会好起来的。如果您现在搅扰得我无法工作，也许您永远都拿不到租金了。明天以后，一切都会好起来的。”

戈尔登先生不安地看着这位房客。生意不好的时候，年轻人有时会寻短见、做傻事。紧接着，他的目光不安地落在桌旁那只签了姓名首字母的手提箱上。

“去旅行吗？”他尖锐地问。

“什么？哦，不，那只是一些衣服。”

“衣服，呃？好吧，哈尔西先生，为了证明你说的是真的，你最好把手提箱交给我保管，到明天中午吧。”

“请自便。”

戈尔登先生以一种不屑的姿态拿起了手提箱。

“这只是例行公事而已。”他说。

“我明白。”罗杰说，起身绕过办公桌，走到门边，“祝您今天过得愉快。”

戈尔登似乎觉得谈话应该以一种更柔和的方式结束：“别太辛苦工作了，哈尔西先生。你不会想让你的神经崩溃——”

“不，”罗杰喊道，“我不会的。但如果您不赶紧离开，我就会崩溃的。”

门在戈尔登先生身后关上时，罗杰的速记员同情地转过身来看着他。

“你不该让他得逞的，”她说，“那里面有什么？衣服？”

“不是，”罗杰心不在焉地回答，“只是我妻子的鞋子。”

那天晚上，他睡在了办公桌旁的沙发上。黎明时分，他紧张地醒来，冲到街上喝了杯咖啡，十分钟后又惊慌失措地跑了回来，生怕错过了加洛德先生的电话。这时候还只是六点半。

到了八点钟，他的整个身体似乎都要着火了。当他的两个美术师到办公室的时候，他正痛苦不堪地躺在沙发上。九点半，电话铃突然急促地响了起来，他用颤抖的手拿起了听筒。

“您好。”

“请问是哈尔西工作室吗？”

“是的，我是哈尔西。”

“我是 H.G. 加洛德。”

罗杰的心脏停止了跳动。

“我打电话来是想告诉你，小伙子，你给我们的设计稿真是太棒了。你们的设计我们都想要，你们今后的设计我们也想要。”

“哦，天哪！”罗杰对着话筒喊道。

“怎么了？”H.G. 加洛德先生吓了一跳，“喂，喂，有人在吗？”

他的话没有任何人听见。电话哗啦一声掉在了地上，罗杰躺在沙发上，抽泣着，好像他的心都要碎了。

4

三个小时后，罗杰的脸色还有些苍白，但眼神已经平静得像个孩子了。他胳膊下夹着晨报，打开了妻子卧室的门，听见他的脚步声，她醒了过来。

“现在几点了？”她问道。

他看了看手表：“十二点。”

突然她哭了起来。

“罗杰，”她上气不接下气地说，“对不起，我昨晚太糟糕了。”

他冷冷地点了点头。

“现在一切都好了，”他回答道，停顿了一下，“我拿下客户了——最大的客户。”

她立刻转向他：“真的？”她沉默了一会儿：“我能买件新衣服了吗？”

“一件衣服？”他笑了起来，“你能买一打新衣服。就靠这一个客户，我们一年就能赚四万。这是西部最大的客户之一。”

她惊讶地看着他。

“一年四万！”

“是的。”

“天哪！”她自言自语地说，“我真没想到会是这样的。”她又想了一会儿：“我们可以有一栋乔治·汤普金斯那样的房子了。”

“我不需要一家室内装潢店。”

“一年四万！”她又重复了一遍，然后轻轻地加了一句“哦，罗杰——”

“嗯？”

“我不想和乔治·汤普金斯出去了。”

“即使你想，我也不会再让你这样做了。”他斩钉截铁地说。

她又愤愤不平起来：“凭什么，我几个星期前就和他约好这个星期四的事了。”

“今天不是星期四。”

“今天是星期四。”

“今天是星期五。”

“什么，罗杰，你一定是疯了！你以为我连今天是什么日子都不知道了吗？”

“今天不是星期四，”他固执地说，“看！”他拿出了晨报。

“星期五！”她喊道，“怎么可能，这肯定是弄错了！这一定是上周的报纸。今天是星期四。”

她闭上眼睛想了一会儿。

“昨天是星期三，”她果断地说，“洗衣工是昨天来的，这个我很清楚。”

“好吧，”他沾沾自喜地说，“那这报纸又有什么问题呢？”

她满脸困惑地从床上爬起来，开始找衣服。罗杰走进浴室刮胡子。一分钟以后，他突然听到床垫弹簧吱吱作响，格里卿又扑倒在了床上。

“怎么了？”他问道，从浴室伸出了头。

“我很害怕，”她用颤抖的声音说，“我想我的神经快崩溃了。我找不到我的鞋子了。”

“你的鞋子？不会啊，它们不是都在衣柜里吗？”

“我知道，它们原本都在衣柜里的，但是我就是找不到。”她吓得脸色苍白，“噢，罗杰！”

罗杰来到床边，搂着她。

“噢，罗杰，”她叫道，“我怎么了？先是那张报纸，现在是我所有的鞋子。救救我，罗杰。”

“我立刻去找医生。”他说。

他毫无悔意地走向电话，拿起了听筒。

“电话好像坏了，”他过了一会儿说，“我让宝宝去找医生。”

医生十分钟后到了。

“我想我快要崩溃了。”格里卿用紧张的声音告诉医生。

格雷戈里医生坐在床沿上，用手握住她的手腕。

“看起来可能是早晨空气的问题。”

“我起床后，”格里卿用一种敬畏的声音说，“发现我弄丢了整整一天。我和乔治·汤普金斯有个约会的——”

“什么？”医生惊讶地喊道。然后他笑了。

“乔治·汤普金斯得有一段时间无法和任何人一起骑马了。”

“他去外地了？”格里卿好奇地问。

“他去西部了。”

“为什么？”罗杰问道，“他是不是和谁的妻子私奔了？”

“没有，”格雷戈里医生说，“他精神崩溃了。”

“什么？”罗杰和格里卿齐声喊道。

“他洗冷水澡的时候，像折叠长帽一样瘫倒了。”

“但他总是在谈论他的——他的平衡生活，”格里卿喘着粗气说，“他一直在平衡生活。”

“我知道，”医生说，“他一上午都在唠叨这个问题。我想这让他有点儿发疯了。你知道，他为此付出了太大的努力。”

“他为了什么？”罗杰困惑地问道。

“为了保持他的平衡生活。”医生转向格里卿说，“我给这位女士开的药方就是好好休息。如果她能在家里待几天，小睡个四十次，她就会像以前一样健康了。她现在就是有些紧张。”

“医生，”罗杰嘶哑地喊道，“您不觉得我最好也休息一下吗？

我最近工作太辛苦了。”

“你！”格雷戈里医生笑了，狠狠地拍了一下罗杰的背，“我的孩子，你看起来比你这辈子任何时候都健康。”

罗杰急忙转过身去，掩饰住他的笑容——他对着乔治·汤普金斯的照片眨了四十下（差不多四十下吧）眼睛，那张亲笔签名照正歪歪斜斜地挂在卧室墙上。